アンデッド　憑霊教室

福澤徹三

角川ホラー文庫
15638

もし害ある時は生命にて生命を償い、眼にて眼を償い、歯にて歯を償い、手にて手を償い、足にて足を償い、烙《や》きにて烙きを償い、傷にて傷を償い、打ち傷にて打ち傷を償うべし。

「出エジプト記」より　文語訳「旧約聖書」

一

教室の窓から、ひやりと澄んだ風が吹きこんでくる。

神山美咲《かみやまみさき》はシャープペンシルをまわす手を止めて、窓の外に眼をやった。

高い空にさざ波が立ったような鰯雲《いわし》が茜色《あかね》に染まっている。

十月もなかばをすぎて、日増しに夕暮れが早くなってきた。

秋が深まるにつれて、どこか懐かしいような、切ないような気分になるのはなぜなのか。

特に郷愁を感じるような記憶もないのに、そうなるのが不思議だった。

美咲は視線をもどして、ホームルームに耳を傾けた。

黒板の前では、生徒会執行部の佐々木恵《ささきめぐみ》が、来月に迫った文化祭の進行について喋《しゃべ》っている。恵はいつもはきはきしているのに、きょうはなぜか歯切れが悪い。

文化祭には、美咲が部長をつとめる文芸部も模擬店をだす予定である。

古本のフリーマーケットのかたわら、部員たちの作品を掲載した部誌を販売するつもりだが、創刊号をだしたきり、作業は止まっている。

部誌の創刊号は、夏休みに仕上げる予定が大幅に遅れて、完成したのは九月のなかばだった。美咲は幻想的な短篇《たんぺん》小説、二宮翔太《にのみやしょうた》はSF的なショートショート、秋月里奈《あきづきりな》は学園ものの恋愛小説、武村隼人《たけむらはやと》はバイクについてのエッセイを書いた。地元の作家、鬼屋敷大造《おにやしきだいぞう》のインタビューが特集記事である。

タイトルはあれこれ迷ったあげく、不知火高校にちなんで「しらぬい」とつけた。

表紙や全体のデザインは里奈と隼人、文字組やページの割りつけ、校正といった編集作業は翔太と美咲が担当した。

むろん本格的な印刷をする予算はないから、パソコンから出力したページを四人がかりで製本した。製本といってもホチキスでとめただけだが、プリンタが故障したり、ページの順番をまちがったりで、五十部ほどを作るのにまる一日費やした。

ようやく形になった「しらぬい」は、教室で回覧してもらい、教師たちにも配った。

けれども部誌に添付したアンケートは、ほとんどが白紙でかえってきた。

わずかにあった感想も「おもしろくない」とか「読みにくい」とか「次号に期待」といった批判的なものばかりだった。

文芸部を正式な部として認めてもらうには、部誌の制作が条件だったが、

「こんな薄っぺらい内容じゃ、予算と部室は見送りだな。次はちゃんとしたものを作れ」

と担任の古森《こもり》は首を横に振った。

どこが悪いのかと訊《き》いても、全体だというばかりではっきりしない。

部誌の出来映えには疑問があったものの、それなりの労力は費やしたし、部員たちにとっては、はじめての作品である。もうすこし好意的な意見が多いと思っていただけに、周囲の反応はショックだった。

部員たちの落ちこみようは、さらに深刻で、みな次の作品を書いている気配がない。

「小説を書いたってだけで、ほめて欲しいのに、けなされたらやる気しねえよ」

「やっぱ、ふつうの小説なんて無理。文芸部はやめて、ケータイ小説部にしない?」

もともとが創作意欲に欠ける翔太と里奈は好き勝手なことをいう。入部してまもない隼人はわりに冷静だったが、意見はやはり消極的で、

「いくらがんばっても、文章を書くのは才能がないとだめなんじゃないかな」

週末の編集会議は愚痴ばかりいいあって、話が前に進まない。来年、三年生になったら、受験で忙しくなる。下級生の部員が入らない限り、文芸部は自然に消滅するだろう。

どうせなくなる運命なら、いっそ解散すべきかと迷ったが、ここで投げだすのは厭《いや》だった。中途半端にやめれば、挫折《ざせつ》した記憶だけが残る。次の部誌はなんとか読みごたえのあるものにして、名誉を挽回《ばんかい》したかった。

けれども部誌を充実させるのは、かなりの難題だった。まずは作品のレベルをあげることだと思うが、美咲も小説を書いたのははじめてだから、自分の作品にも自信が持てない。それだけに部員たちの作品にも、いいたいことがいえない。

一方的に注文をつければ、ますます意欲を削《そ》ぎかねないし、いやいや書いた作品がおもしろくなるとも思えない。来月の文化祭までにあらたな部誌を完成させるには、自分たちとはちがう視点が必要だった。

「内輪でほめたり、けなしたりしても先へ進まないよね」

美咲は先週の編集会議でそういった。

「やっぱりプロの意見を聞くべきよ」

「プロって、もしかして——」

と里奈が顔をしかめた。

「そう。鬼屋敷さん」

「あのひとって、よけいなことは教えてくれるけど、小説のことになると怒りだすじゃない」

「自分の本が売れてねえからだろ」

と翔太が笑った。

「だいたい作家って感じがしねえよ。やくざみたいな人相でさ」

隼人が遠慮がちにうなずいて、

「部誌に載せたインタビューも不評だったよね。なにいってんのかわかんないって」

「でも一応はプロだし、ほかに相談できるひとはいないじゃない」

「取材だけでぶうぶういってたのに、部誌を読んで意見をいえなんていったら、絶対怒るよ」

部誌の創刊号は鬼屋敷にも一部送ってあるが、なにも反応はない。

「怒ったっていいの」

と美咲はいった。

「あのひとは押しに弱いんだから」

美咲はその場で鬼屋敷に電話して、相談があると持ちかけた。

鬼屋敷はいつものように忙しいと渋ったが、

「実は怪談に使えそうな、怖い話があるんですが――」

美咲がそういったとたん、

「そういうことなら話はべつだ」

鬼屋敷はホラー小説や怪談を書いている関係で、いつも怖い話を欲しがっている。

「じゃあ、一週間後にうかがいます」

「ちょうど怪談のネタがなくて困ってたんだ。もっと早くてもいいよ」

「でも、それまでにお願いしたいことがあるんです。以前お送りした部誌を――」

読んでおいて欲しいというと、ぶつりと通話が切れた。

鬼屋敷の場合、厭なら厭というはずで、返事がないのは承諾したという意味だろう。

「オッケー」

　美咲は指でマルを作って、

「ね、誰か怪談に使えそうな話を知らない？」

「なんだそれ。さっきの電話じゃ、怖い話があるっていってたじゃん」

「だって、相談に乗ってもらうのが先決だと思ったから」

「じゃあ、ほんとはないの」

「——うん」

「やだよ。また、あのおっさんに文句いわれるのは」

「だから訊いてるの。翔太はなにか知らない？」

「ないない。おれが怖い話を苦手なのは知ってるだろ」

「そういう話はないなあ」

　と隼人もいった。里奈はそ知らぬ顔でケータイをいじっている。

「やっぱりさあ」

　と翔太がいった。

「部長がいちばんくわしいんじゃねえの。変なものが見えるんだし」

「都合の悪いときだけ部長っていわないで。それに変なものが見えるっていっても、ただ見たってだけじゃ、怪談にはならないよ」

「じゃあ、どうするんだよ」

美咲が考えこんでいると、

「ちょっと、これ見て」

里奈が叫んで、ケータイをこちらにむけた。

「伊美山《いみやま》で、また大学生が自殺だって」

ケータイのディスプレイには、テレビのニュースが映っている。

自殺したのは大学二年の男で、伊美山の山中で首を吊っていたという。遺書はなく、いまのところ動機は不明らしい。

「これでふたり目ね」

と美咲はつぶやいた。

今月のはじめにも、伊美山で大学生の男が自殺している。今回自殺した大学生とは学校が異なるものの、ふたりとも二年生である。

「なんで、わざわざ伊美山で自殺するのかな」

「べつに自殺の名所ってこともないしね」

伊美山というのは、不知火高校の裏手にある標高五百メートルほどの山である。常緑樹が多いせいで冬でも薄暗く、地元の者も近づかない。

さらに伊美山の中腹には、かつて連続殺人鬼が自殺したという、いわくつきの廃病院がある。そこで今年の夏に、忌まわしい事件が起きた。

「もしかして、またあいつが――」

と里奈が肩をすくめた。美咲はかぶりを振って、

「その話はやめましょう。思いだしたくない」

「でも伊美山と関係なくても、ふたりも続けて自殺っていうのは怖いよね」

「そうそう。鬼屋敷のおっさんには、このネタでいいじゃん」

ほかに思いつく案もなく、美咲は曖昧《あいまい》にうなずいた。

それがちょうど一週間前で、きょうの放課後、鬼屋敷の家を訪ねる予定である。


ホームルームが終わって、文芸部のメンバーは教室に集合した。

翔太と里奈は美咲とおなじ一組だが、隼人は二組である。

四人で教室をでると、立花勇貴《たちばなゆうき》がむこうから歩いてきた。

勇貴のうしろには岩間《いわま》哲平《てっぺい》と沼田《ぬまた》耕介《こうすけ》がいる。彼らは三組で直接のつきあいはないが、
このところ放課後によく顔をあわせる。

「ね、勇貴くんって、超イケてない？」

と里奈が耳元でいった。美咲は背後の隼人に、ちらりと眼をやって、

「だめよ。彼氏の前でそんなこといっちゃ」

「だってイケてるんだから、しょうがないじゃん」

立花勇貴はたしかに整った容姿で、ファッションモデルのように垢抜《あかぬ》けている。

女子には絶大な人気があるが、派手な雰囲気とは裏腹に、生徒会の風紀委員をつとめている。最近はいじめを防ぐために、いじめパトロールと称して校内の見回りをしているという。

勇貴はすれちがいざまに笑顔をむけて、

「美咲ちゃんたちは、うらやましいなあ」

「なにがうらやましいの」

美咲の声に、勇貴は足を止めた。

「いつもカップルどうしで仲がいいからさ」

里奈と隼人がつきあっているせいで、はた目にはグループ交際に映るらしい。

「あたしはカップルじゃないけど」

美咲がすかさずいうと、翔太が眉《まゆ》を寄せて、

「カップルじゃないのはたしかだけど、そんなに厭そうにいう必要はないだろ」

「まあまあ。喧嘩《けんか》するほど仲がいいって」

あはは、と勇貴は笑って通りすぎた。

そのあとを岩間哲平と沼田耕介がついていく。ふたりとも勇貴とは対照的に、容姿も雰

囲気も冴《さ》えない。哲平はレスラーのような体格だが、極端に無口で、笑顔を見たことがない。耕介は糸のように痩《や》せて、度の強そうなレンズの厚い眼鏡をかけている。

「美人が引き立て役にブサイクな子を連れているっていうけど、男もそうなのかな」

と里奈が首をかしげた。よし、と翔太が手を叩《たた》いて、

「おれもああいう暗いダチを作れば、モテるかもしんねえな」

「翔太の場合は逆効果じゃない」

と美咲がいった。

「なんでよ。マイナスのうえにマイナスが重なったら、よけいにキモくなるって」

「マイナス掛けるマイナスはプラスだろ」

「どうしてそうなるのかいえる？」

「よくわかんないけど、そう教わっただろ」

ねえねえ、と里奈がいった。

「勇貴くんってさあ、美咲に気があるんじゃない」

「まさか」

「だって、あんたにしか話しかけないじゃん。さっき声をかけてきたのだって、翔太が彼氏かどうか確認してたのかも」

へっ、と翔太が鼻を鳴らした。

「おれが彼氏なわけねえだろ。やだよ、こんな理屈っぽい女」

「ちょっと、誰が理屈っぽいって」

「立花は、うちのクラスの吉川彩乃《よしかわあやの》とつきあってるって噂だけど」

隼人がぼそりといった。里奈が眼をまるくして、

「あの病院のお嬢さんとかいう子？」

「ほらね。里奈の勘ちがいよ」

「彩乃ちゃんって美人だよなあ。美男美女カップルかよ」

ちくしょう、と翔太が溜息《ためいき》をついた。

二

　校内の見回りを終えて、学校をでたのは六時近かった。

　沼田耕介は、駅前の通りをあえぎながら走っていた。あたりはすっかり暗くなって、街角にはネオンが灯《とも》りはじめている。

　塾がはじまるのが六時だから、きょうも遅刻ぎりぎりである。もうすこし早く学校をでられたらひと息つけるが、最近は校内の見回りをしているせいで、毎日この時間になる。

　これから三時間勉強して、塾をでるのは九時すぎである。それから電車で一時間、駅から家までは歩きで二十分かかる。長い道のりを考えると気が遠くなるが、一分でも遅刻すれば両親に連絡がいくから、走らないわけにはいかない。

　立花勇貴は、いつものように岩間哲平と先に帰った。

　ふたりとも塾通いがないうえに、家が近くてうらやましいが、立花勇貴に関しては、すべての面でうらやましい。

　顔はアイドルなみに整っているし、背は高くて足は長いし、成績は抜群のうえにスポーツも万能という、マンガにでてくるような美少年である。女子はもちろん男子にも人気があるが、岩間哲平のように片時もそばを離れない信奉者もいる。

学校のヒーローというべき勇貴にくらべて、耕介は極めて影の薄い存在である。

成績はそこそこだが、たいした大学へは進めそうもないし、顔はお世辞にもいいとはいえない。スポーツはまったくだめで、小学生の頃からひどい近視である。胸にはあばらが浮いて、手足も細い。中学のときは「手羽先」というあだ名だった。

そんな調子だから、彼女がいたこともないし、女の子とまともに口を利いたこともない。そういう生徒の常として、いじめの対象にもなったが、まじめな校風の中学だったせいか、ノートや教科書を隠されたり、机に落書きされたりする程度だった。

高校に入ってからも軽いいじめはあったものの、生活に支障をきたすほどではなかった。しかし二年になると、校内で悪名高い剣持竜也《けんもちたつや》のグループに眼をつけられた。放課後に呼びだされて、何度か金をたかられたが、怖くて誰にも相談できなかった。

やがて竜也たちの要求はエスカレートして、乏しい小遣いではとうてい足りなくなった。家の金を盗めといわれたが、両親が怖くてそれもできない。

どうするべきか悩んでいるときに声をかけてきたのが、立花勇貴だった。

「あいつらにいじられてるんだろ」

勇貴とは一年のときからおなじクラスだが、ほとんど喋《しゃべ》ったことはない。

返事をためらっていると、勇貴は笑って、

「ぼくといたら平気だよ。これからは一緒に帰ろう」

勇貴は風紀委員とあって教師たちと親しいし、スポーツ万能だから腕力もある。そのせいか、彼と行動をともにしていると、竜也たちは声をかけてこなかった。

けれども、このままあきらめるような連中とは思えない。そのうち仕返しがありそうで、気が気ではなかった。

そうした不安が忽然《こつぜん》と消えたのは、今年の七月だった。

教師の保科正彦《ほしなまさひこ》が、竜也をはじめ、いじめグループの三人を立て続けに殺害するという事件が起きた。ニュースによれば、竜也たちはむごたらしい拷問をされた末に殺されたらしいが、保科が自殺したせいで動機ははっきりしない。

同級生たちの噂では、耕介とおなじく竜也たちからいじめられていた伏見守《ふしみまもる》が真犯人ともいわれている。伏見守は事件後に退学したきりで、消息はわからない。

もっとも、事件の真相がどうであれ、いじめがなくなったことに、ほっとした。竜也たちを哀れむ気持はあったものの、自業自得という思いが強かった。

事件を機に、勇貴がいじめパトロールを提案したときは、すぐに賛成した。すこしでも勇貴の役に立って、いじめからかばってくれた恩をかえしたかった。

自分とはかけ離れた存在だと思っていた勇貴が、友人のように接してくれるのはうれしかったし、あらゆる面で秀でた彼を尊敬もしている。

けれども、いじめパトロールで毎日帰りが遅くなるのは、かなりの負担である。パトロールといっても、勇貴のあとをついていくだけで、特にすることはない。竜也たちが殺害されてからは、見回りなどしなくても、いじめは影をひそめている。

もっとも、帰りが遅くなる以外にも不満はある。

学校側はふたたび不祥事が起きるのを恐れてか、いじめパトロールを絶賛しているが、教師から褒められるのは勇貴ばかりで、自分や哲平にはなんの声もかからない。

「立花が友だちになってくれて、よかったな」

と担任から肩を叩かれただけである。

女の子たちも、勇貴には嬌声《きょうせい》をあげてまとわりつくが、自分たちには洟《はな》もひっかけない。

勇貴は勇貴で、口調はおだやかなものの、会話の多くは命令である。

「耕介くん、ジュースでも買ってこようか」

「あそこにごみが落ちてる。校内をきれいにするのもパトロールの仕事だよ」

「きょうは疲れただろ。先に帰っていいよ」

とはいえ、それだけのことで不満に感じるのは、わがままな気もする。

いじめパトロールに参加したのは、勇貴への恩返しだけではない。彼と行動をともにすれば、今後もいじめから逃れられるという下心があったからだ。

勇貴が自分より立場が上なのは当然だし、彼に劣等感をおぼえるのは、尊敬より嫉妬《しっと》がまさっているせいだろう。そう考えると、自分がますますだめな人間に思えて、自己嫌悪に陥る。

　鬼屋敷大造の自宅は、街はずれのさびれた一画にある。

　平屋の木造家屋で、築何十年ともわからないほど古びている。廃屋と見まがうような雰囲気は、いかにもホラー作家の家らしいが、単に貧乏なだけの気もする。

　美咲たち四人は、雑草が生い茂る庭を横切って、玄関の前に立った。

「いつきても気味が悪いな」

　と翔太が肩をすくめた。里奈がうなずいて、

「こんな家にひとりで住んでるっていうのがホラーよね」

　しぃッ、と美咲がひと差し指を唇にあてて、玄関のガラス戸を叩《たた》いた。

　ひとしきり声をかけても、返事がない。

「大丈夫かな。孤独死してんじゃねえの、あのおっさん」

　翔太がガラス戸に手をかけると、がたがたと軋《きし》みながら隙間ができた。鍵《かぎ》はかかっていなかったが、いまにも戸がはずれそうで、開けるのに苦労した。

「お邪魔しまあす」

　四人はつぶやくようにいって、靴を脱いだ。

　家のなかは、以前にもまして散らかっていた。

キッチンを埋めつくした空の酒瓶やビールの空き缶は一段と数を増して、流しからあふれた食器は、ガス台のほうまで進出している。

隼人は、この家にきたのははじめてだけに眼をまるくして、

「こりゃあ、鬼屋敷じゃなくて、ごみ屋敷だね」

「うまい。座布団一枚」

翔太が笑うと、美咲がまたひと差し指を唇にあてた。

居間だか客間だかわからない畳敷きの部屋には、あいかわらず本が天井近くまで積みあげられている。迷路を歩くように本のあいだを縫っていくと、縁側の前にパソコンと机を置いたわずかな空間がある。

鬼屋敷は、いつもの擦り切れた座布団にあぐらをかいて、パソコンをにらんでいた。

「なんだ。いらっしゃったんですか」

美咲の声に、鬼屋敷はゆっくりと振りかえって、

「おれが自分の家にいて、なにが悪い」

「なにも悪くないですけど、返事くらいしてくれても――」

「締切で忙しいんだ。いちいち応対してるひまはない」

鬼屋敷は腫《は》れぼったい眼を指でこすると、畳に置いてあった湯呑《ゆの》みを口に運んだ。

芋焼酎《いもじょうちゅう》らしい一升瓶が机の横にある。

ぷん、と癖のある匂いに美咲は顔をしかめて、

「応対するひまはなくても、お酒を呑むひまはあるんですね」

「好きで呑んでるわけじゃない。これは燃料だ」

「でも、お酒を呑みながらできるなんて、いいお仕事じゃないですか」

「小説を書かなくていいんならね」

鬼屋敷はそういって湯呑みをあおると、

「ところで、なんの用かね」

「あたしたちの部誌を読んで、感想を聞かせてくださいって、お願いしたはずですけど」

「──部誌、部誌っていうと」

鬼屋敷はあたりを見まわしていたが、

「ああ、これか」

一升瓶の下から、よれよれになった「しらぬい」をひっぱりだした。

「ひどーい。あたしたちの部誌をコースターみたいにして」

と里奈が唇を尖《とが》らせた。

「なにがひどい。きみらが勝手に送りつけてきたものを、おれがどうしようと勝手だよ」

美咲もむっとしたが、小説がらみの話となると一筋縄ではいかないのが鬼屋敷である。

無理に笑顔を作って、

「——それで、感想はいかがでしょう」

「感想も糞《くそ》もない」

鬼屋敷はにべもなくいった。

「もうちょっと見どころがあるかと思ったが、とても読めたもんじゃない。こういうのを資源のむだというんだ」

「あんまりよ」

と里奈がまた叫んだ。

「あたしたち、マジでがんばったのに」

「あのね」

と鬼屋敷はいって、煙草に火をつけた。

「きみらのようなガキの世界はともかく、プロの世界は結果がすべてだ。寝転がって書いても、できあがった作品がよければいいし、正座して書いても、できあがった作品がだめなら、そんなものはゴミだ。がんばったとか、がんばらないとか、プロセスは関係ない」

だって、と里奈がいった。

「あたしたちはプロじゃないもん」

「じゃあ、なんでプロに感想を訊《き》くんだ」

「鬼屋敷先生の意見を参考にして、もっといいものを作ろうと思ったからです」

と美咲がいった。

「もっといいものって、まだこんなものを作るのか」

「来月の文化祭までに、次の号を作りたいんです」

「だめだめ。これ以上被害者を増やさないで、文化祭はダンスでもやったほうがいい」

「次の号もだめなら、部誌はあきらめます。でも、いいものを作る努力はしたいんです」

「努力っていうのは、自分の頭で考えることだ。ちょっとわからないからといって、ひとに習ったところで、なにも身につかん」

もう、と里奈が頰を膨らませて、

「ああいえば、こういうんだから」

「――なんだと」

まあまあ、と美咲はいって、

「今回は考えてる時間がないんです。どこが悪いのか教えてください」

「どこが悪いなんていえるようなら見込みがあるが、それ以前の問題だ。みんなひとりよがりで文章に対するこだわりもない。たとえば――」

と鬼屋敷は部誌をぱらぱらとめくりながら、一気にまくしたてた。

「このなかでは美咲くんの作品がいちばんまとまっているが、幻想的なだけで、なにを伝えたいのかわからん。むずかしい漢字やそれらしい表現を使っているだけで、内容はスカスカだ。小説っていうのは、わかりやすい言葉で、むずかしいことを伝えるもんだ」

美咲は思わずうつむいた。

鬼屋敷のいうとおり、むずかしい言葉を使えば小説らしくなるような気がしていたが、そうした言葉を使ったのは、中身の薄い、自分でも頼りない箇所だった。

「翔太くんのショートショートは、実はぜんぶ夢だったたっていう夢オチで、なんの工夫もない。しかし、そんなことより文章がめちゃくちゃだ。太郎の家の冷蔵庫の中の、なんて『の』が四つも続いているし、『満面の笑顔』とか『いまだに未解決』とか、表現の重複も多い」

「表現の重複って、なんですか」

翔太が訊くと、鬼屋敷は溜息《ためいき》をついて、

「満面は、それだけで顔全体という意味だろう。未解決はまだ解決してないって意味だから、いまだに、と重ねていう必要はない」

「あたしのはどうですか。翔太よりはましだと思うんですけど」

と里奈が急に身を乗りだした。

「里奈くんのは、とにかく誤字脱字がひどい。『わたし』を『わつぃ』なんて誤変換するのは論外として、専問は専門、関わらずは拘《かかわ》らず、さ迷うは彷徨《さまよ》う、短刀直入は単刀直入、価値感は価値観だ。こんなまちがいだらけの文章を書いてたら、彼氏にふられるぞ」

「そんなことないもん」

ね、と里奈は隼人に寄りかかった。鬼屋敷はまた溜息をついて、

「隼人くんのは、バイクが好きだという気持が伝わってくるだけで、それ以上のものがない。小説であれエッセイであれ、作品は自分というフィルターを通して生まれるものだ。自分なりの視点、自分ならではの思いが反映されないと、作品は生きてこない。もっとも、これは全員に関していえることだがな」

さて、と鬼屋敷はいって、畳に転がっていた空き缶で煙草を揉《も》み消すと、

「もうお勉強は終わりだ。約束の怖い話を聞かせてもらおうか」

美咲は、翔太と里奈に眼をやったが、ふたりとも喋《しゃべ》ろうとしない。仕方なく伊美山で大学生の自殺が相次いだことを告げると、鬼屋敷は薄い眉《まゆ》を寄せて、

「まさか、それだけじゃないだろうね」

「――それだけです」

と美咲は肩をすくめた。

「亡くなった大学生は気の毒だが、それだけじゃ怪談にならん」

「でも、ふたりとも大学二年生の男のひとで、わざわざ伊美山で自殺したなんて、なにかあると思いませんか」

「伊美山という点は気になるが、その程度の偶然なら珍しくない」

と鬼屋敷はいった。

「十七年前だったかな。大阪府のある町で、五人の若者がほとんど一週間おきに自殺するという事件があったが、いまだに原因はわかっていない」

「その五人は知りあいなんですか」

「いや。まったく面識はない。ただ事件の直前におなじ町内で、若者ふたりがシンナーの吸いすぎで死亡している。自殺した五人のなかには、シンナーで亡くなった若者の友だちもいた。しかし、わかったのはそれだけで、偶然というしかない」

「ただの偶然で、そんなに自殺が続くんですか」

「原因がわからない以上、ひとは偶然という。群馬県のある大学では、二年間に生徒が五人自殺している。つい最近も雑誌にとりあげられて話題になったが、これも原因不明だ」

「生徒が五人も死ぬなんて、絶対なにかあるよ」

「二年前にイギリスで起きた若者の連鎖自殺はもっとすごい。ウェールズ南部のブリッジエンドという町では、一年ほどのあいだに十七人の若者が自殺している。十七人のなかにはネットで交流があった者もいたらしいが、この事件も謎のままだ。新しい情報では、自殺者の合計は二十四人になったそうだ」

「自殺って流行するのかなあ」

と隼人がいった。里奈が首をかしげて、

「よっぽど好きなひとが死んだら、自分もって思うかもしれないけど、赤の他人が死んだからって自殺はしないんじゃない」

「いや、そういう傾向はあるね。ヨーロッパでは、ゲーテの『若きウェルテルの悩み』の読者が数多く自殺して社会問題になった。それに由来して、連鎖的な自殺は『ウェルテル効果』と呼ばれている。日本では、夏目漱石《なつめそうせき》の教え子だった藤村操が『巖頭之感《がんとうのかん》』という有名な遺書を書いて、華厳《けごん》の滝に身を投げた。それをきっかけに、当時の華厳の滝は自殺の名所になった」

へえー、と翔太が声をあげた。

「昭和七年には、坂田山心中と呼ばれる事件が起きた。親に結婚を反対された大学生のカップルが服毒自殺したんだが、この事件をモデルにした映画『天国に結ぶ恋』が大ヒットすると、全国で心中ブームが起きた。翌年の昭和八年には、伊豆大島の三原山も自殺の名所になった。これも若い女性の自殺がきっかけで、一年間で千人近くが火口へ飛びこんでいる」

「やっぱり、自殺って流行するんだ」

「最近もアイドルやミュージシャンの後追い自殺って多いよね」

「まあ、流行や有名人の後追いで死ぬぶんには、本人の責任という気もするし、それほどの数じゃない。貧困や病気、職場の悩みが原因で自殺するひとは、はるかに多い」

「どのくらいの数なんですか」

「前にもいったとおり、この国では年に三万人以上、一日あたり百人近くが自殺している。むろん異常な数字だが、それがふつうになっているのが現状だ」

「うちの学校でも、自殺があったらやだな」

と里奈がつぶやいた。

その瞬間、美咲の首筋にぞくりと鳥肌が立った。


週末のせいか、電車は身じろぎもできないほど混んでいた。

沼田耕介は吊革《つりかわ》にすがるようにして、足の痛みに耐えていた。

顔のすぐ前で、初老のサラリーマンがちいさく畳んだスポーツ新聞を読んでいて、車両が揺れるたびに整髪料でべたべたした白髪頭をくっつけてくる。

うしろでは金髪の若い男が、くちゃくちゃとガムを噛《か》んでいる。酒臭い息とミントが混じったような臭いが鼻につく。男のヘッドフォンからは、耳障りなラップが洩《も》れてくる。

耳障りといえば、どこからか若い女の甲高い声もする。誰かとケータイで喋っているらしい。

息苦しさに宙をあおいでいると、隣で吊革を握っている男の腕時計が見えた。

電車に乗ってから、だいぶ経つような気がするのに、まだ五分しか経っていない。

「――あと五十五分か」

耕介はうんざりしながら、胸のなかでつぶやいた。

電車で五十五分、駅から徒歩で二十分、わが家にたどり着くのは、まだまだ先である。

もっとも、家に着いたら着いたで、くつろいでいるひまはない。

耕介が夕飯を食べているあいだ、父の洋三《ようぞう》と母の法子《のりこ》はかわるがわる小言をいう。

「来年は受験だっていうのに、いまの成績でどうする」

「もう私立にやる余裕はないんだから、絶対に国立じゃないとだめよ」

両親は毎晩のようにおなじ台詞《せりふ》を繰りかえす。

「どうしてやる気をださないんだ。おれだったら大学へいかせてもらえるだけで、うれしいけどなあ」

「そうよ。お父さんみたいに大学へいきたくても、いけなかったひともいるのに」

父の洋三は区役所に勤めている。

高校の成績は常に一番だったが、実家が貧しかったせいで大学へ進むのをあきらめたという。もし大学に入っていたら、いま頃は官僚だったというのが口癖である。

「大学大学っていうけど、そこから先が勝負なんだぞ」

「いまの時代は、公務員か大企業しか生き残れないのよ」

耕介はただうなずきながら箸《はし》を動かしているが、食べものの味はしない。しだいに胃のあたりが重くなって、食事が喉《のど》を通らなくなる。といって、残せば叱られる。

「しっかり食べないから、勉強する体力もないんだ」

「すこしは耕二を見習いなさい」

弟の耕二は、ひとつ年下の高校一年生である。寮に入っているから自宅にいないが、弟とは歳が近いのもあって、ことあるごとに比較されてきた。

小学校まではそれほど成績に差はなかったものの、中学に入って状況が変わった。

兄は月並みな市立に通っていたのに、耕二はわざわざ県外にある名門私立を受験して、あっさり合格した。両親の期待が弟に傾いたのが悔しくて、高校受験で巻きかえしをはかったが、第一志望は見事に落ちて、第二志望だった不知火高校に入った。

翌年、耕二がまたしても志望校に合格したことで、決定的な差をつけられた。耕介の第一志望だった高校よりも、はるかに偏差値の高い、全国的に知られた進学校である。

それからは、耕二までが自分を馬鹿にする。

今年の夏休みに帰ってきたときも、耕二はにやにや嗤《わら》って、

「友だちから兄ちゃんの高校を訊《き》かれて、返事に困ったよ。不知火高校なんて誰も知らないし」

思わず殴りつけたくなったが、弟のほうが背も高いし腕力もある。

このままいけば大学でも差をつけられるのは確実だし、就職もそうだろう。

暗い展望にうんざりしていると、けたたましく警笛が鳴った。

車輪の軋《きし》む鋭い音とともに電車は急停車した。

乗客たちはどよめきながら、大きくよろめいた。

耕介も転びそうになるのを、どうにかこらえたが、前にいた男がぶつかってきて、顔じゅうにべったりと白髪頭を押しつけられた。

まもなく車内放送があって、

「ただいま当列車において人身事故が発生しました。お急ぎのところ誠に申しわけありませんが、救助活動のため、しばらく停車します。運転再開のめどがつきしだい――」

乗客の溜息《ためいき》や舌打ちで、あとの言葉はかき消された。

前の車両から、女だ、とか、飛びこんだ、といった声が聞こえてくる。

事故ではなく自殺のようだが、乗客たちに同情する気配はない。みな帰りが遅れるのが怨《うら》めしいという顔で、天井を見あげたり、ケータイをいじったりしている。

ひとが死んだかもしれないのに薄情なものだ。

しかしそういう自分も、迷惑だと思うのはおなじである。

いったい、どこで停まったのか。

爪先立って、乗客の肩越しに眼を凝らすと、窓の外には黒々とした山が迫っていた。

どうやら伊美山のふもとらしいが、こんな場所では電車を乗り換えることもできない。

「――もう、いやだ」

耕介は吊革にもたれて、太い息を吐いた。


人身事故のせいで、わが家に帰り着いたのは、十一時をすぎていた。

両親には遅延証明書を見せたが、半信半疑のようで機嫌が悪かった。

耕介は机にむかって、ノートに鉛筆を走らせている。

壁の時計は午前二時をまわったが、塾の宿題がいっこうに片づかない。取りかかるのが遅かったのもあるが、疲労で集中力が欠けている。

勉強机とベッドしかない殺風景な部屋である。小学生の頃に貼ったアニメのポスターが壁にあるだけで、なんの飾りもない。

開けっ放しのドアから、深夜の冷たい空気が流れこんでくる。

肌寒いが、ドアを閉めるのは禁じられている。うっかり閉めたりすると、

「親に見せられないことでもあるのか」

父はそういって怒鳴る。つまり、いつでも部屋を覗《のぞ》けるようにしろという。

母はお茶だのお菓子だのを口実に、しょっちゅう様子を見にくる。父はたまにしかこないが、気がつくと背後に立っていることがある。

そういう環境だけに自分の部屋でも油断できない。ようやく自由になったと思えるのは、

両親が寝静まってからの、わずかな時間である。

もっとも、学校と塾の宿題を片づけると、ほとんど深夜になるから、のんびりしようと思ったら、睡眠時間を削るしかない。したがって、いつも寝不足で授業が頭に入らない。

階下に耳を澄ますと、さっきまでテレビの音が聞こえていたのが、静かになっている。

耕介は鉛筆を置いて、スリープにしていたパソコンを起動した。

この部屋のなかでは、インターネットが唯一の娯楽である。

巨大掲示板で興味のあるスレッドを見たり、お気に入りのサイトやブログをまわったり、自分の知らない世界に触れるのが楽しみだった。両親の眼を恐れつつも、抑えきれない欲求に駆られて、いかがわしいサイトを覗くこともある。

けれども最近は、それにも疲れてきた。

ネット上にどんな情報があろうと、すべては窓のむこうで、手は届かない。しょせん自分とは隔絶した世界のような気がする。

といって現実の世界も、まるで希望が持てない。

なんとか大学に入っても、就職が待っている。国家公務員か大企業を目指せと両親はいうが、自分の能力ではむずかしい。

兄がだめでも、どうせ耕二が両親の期待に応《こた》えるだろう。それでまた差をつけられる。

もっとも、社会にでて、自分で生活するようになれば、両親の束縛から逃れられる。いくら弟と比較されようと気にしなければいい。

けれども、自分で生活できるかどうかが心もとない。どこかに就職できたところで、仕事をこなせる自信もなければ、職場になじめる自信もない。

学校生活さえ苦痛なのに、それよりはるかに厳しい環境で、この先何十年も働かねばならないと思うと気が遠くなる。

自殺サイトを覗くようになったのは、そんなことを考えているときだった。

「二十四歳、フリーターです。来週、××県の山中で逝こうと思ってます。参加希望者はメールください」

「高一です。家も学校も鬱《うつ》で死にたいです。どなたか楽に死ねる方法を知りませんか」

「今夜、吊《つ》りで決行します。みなさん、ありがとうございました」

自殺サイトには、集団自殺の募集や自殺についての相談、自殺の予告といった書きこみがあふれている。

はじめは興味本位で眺めていたし、ほとんどが嘘だろうと思っていた。しかしサイトに出入りしていた人物の書きこみが、自殺の予告から、ぱたりと止まるのを何度も眼にした。テレビやネットで、その人物の自殺を裏づけるようなニュースが流れたときは、衝撃を受けるとともに羨望《せんぼう》を感じた。

そのうちに、自分も死にたいという願望が芽生えてきた。

バーチャルな世界にも現実の世界にも希望がないなら、もうひとつの世界——死後の世界へいってみるしかない。

といって、それを実行に移すのは、まだためらいがある。死ぬこと自体はそれほど怖くないが、死に至るまでの苦痛が怖いし、失敗した場合を考えるのは、さらに恐ろしい。生きる気力も死ぬ勇気もないのは、われながら情けない。けれども、このままの状況が続けば、もっと強い衝動が生まれるような気がする。

「そのときこそ、死ねばいいんだ」

そう考えることで、いくぶん楽になった。

この世から解放される瞬間を思うと、すがすがしいような切ないような快感がある。自分が死んだあとの、両親や同級生の反応を想像するのも愉快だった。

けれども、若者の自殺などありふれている。最近は伊美山で大学生がふたりも自殺しているし、今夜の人身事故も若い女の飛びこみ自殺らしい。

自分が死んでも、騒ぎになるのは一瞬だけだろう。たいして話題にもならず、沼田耕介という人間がいたことなど、たちまち忘れ去られる。

それがさびしいような気もするが、生きていても目立たない者が死んだところで、注目を集めないのは当然ともいえる。

耕介はその夜も自殺サイトをまわっては、荒《すさ》みきった気持をやわらげた。

三

いつのまにか、あたりは真っ暗だった。

耳を澄ますと、遠くで風の音がする。ざわざわと木立が揺れるような音もする。

けれども、美咲のまわりに風の気配はない。

空気は重くよどんで、黴《かび》と埃《ほこり》の匂いがする。手探りで歩きだすと、硬い床の感触がある。

どうやら部屋のなからしいが、ここがどこなのかはわからない。

ただ胸騒ぎがして、しだいに鼓動が速くなる。

早く明るいところへでたい。

焦りつつ闇のなかを歩いていたら、眼が慣れたせいか、あたりの輪郭が浮かびあがってきた。

暴走族の落書きで汚れた壁、カルテや書類が散らばったリノリウムの床、暗い廊下にならんだ病室。そのときには、もう自分がどこにいるのかわかっていた。

どうして、こんなところに迷いこんだのか。

不意に寒気がして、全身に鳥肌が立った。

美咲は肩をさすりながら駆けだしたが、いくら走っても出口は見つからない。それどころか、病院の奥へ迷いこんでいくようで、ふたたび視界が暗くなってきた。

闇に眼を凝らして、なおも走っていくと、廊下の先に出口のようなものが見えた。

思わずそこに手を伸ばした瞬間、指先に冷たい金属の感触があった。

「――あッ」

美咲は短い悲鳴をあげて、手をひっこめた。

そこは、出口ではなかった。

あの男を――いや、あの男の霊を封じこめた地下室の扉だった。

とっさに踵《きびす》をかえそうとしたが、なぜか軀《からだ》が動かない。気を失いそうな恐怖に膝頭《ひざがしら》が震え、嚙《か》み締めた奥歯がカチカチと鳴った。

そのとき、扉のむこうから、地鳴りのようなうめき声が響いてきた。


うんうんと自分の魘《うな》される声で眼が覚めた。

カーテンの隙間から朝の光が射しているのに、ここが自分の部屋だと理解するのに時間がかかった。ベッドに跳ね起きると、軀じゅうが寝汗でびっしょり濡《ぬ》れていた。

美咲は両手で胸を押さえて、動悸《どうき》が鎮まるのを待った。

ずっと思いださないようにしてきたのに、なぜあんな夢を見たのか。

ゆうべ鬼屋敷の家で、伊美山のことを口にしたせいかもしれない。

夢のなかでさまよっていたのは、伊美山の廃病院だった。

そして地下室から聞こえてきたのは、あの男――玄田《げんだ》道生《みちお》の声だった。

もう思いだしたくない。

忌まわしい記憶を振り払うように、かぶりを振ったが、さっきの夢が脳裏を離れない。

ふたたび動悸が烈しくなっていく。

たしかに恐ろしい出来事だったが、もう事件は解決したのだ。

それなのに、いったいなにを恐れているんだろう。


事件が起きたのは、七月の初旬だった。

同級生の矢島《やじま》一輝《かずき》と陣内《じんない》剛志《たけし》が立て続けに惨殺された。ふたりは殺される前に、

「眼には眼を、歯には歯を」

という予告電話を受けており、遺体には残酷極まりない拷問の痕跡《こんせき》があった。

鬼屋敷大造は、ふたりを殺害した犯人は、かつて全国を震撼《しんかん》させた連続殺人鬼《シリアルキラー》、玄田道生の模倣犯《コピーキャット》ではないかと推理した。

一九八〇年代後半、玄田道生はみずからを不死者《アンデッド》と称して、独自の倫理観に基づいた殺人を繰りかえした。玄田自身の証言では三十人以上だが、判明しているだけで十八人が殺害されている。

玄田は警察に逮捕されたあと、精神鑑定のために収容された伊美山の病院で、院長を殺害後、自分の頸《けい》動脈をメスで掻《か》き切って自殺した。それ以来、病院は閉鎖されたものの、心霊スポットと化して、幽霊となった玄田が出没するという噂があった。

殺された矢島一輝と陣内剛志は、剣持竜也をリーダーとする不良グループに属していた。里奈の彼氏の武村隼人も、その一員だった。

やがて剣持竜也に予告電話がかかったと知って、美咲たちは次の殺人を防ごうとしたが、竜也は殺害された。彼らの担任だった保科正彦の遺体が現場にあったことから、警察は保科が三人を殺した末に自殺したと判断した。

しかし美咲は、竜也たちに執拗《しつよう》ないじめを受けていた伏見守に疑いを抱いた。

一連の事件の直前、守は金を持ってこなかった罰として、竜也たちから伊美山の病院で肝試しを強要されていた。地下室に閉じこめられた守は、そこで玄田の霊に憑依《ひょうい》されたというのが、美咲の推理だった。

玄田に憑依された守は、自分をいじめた不良グループを無意識のうちに殺害している。隼人はいじめには加わっていないが、グループに属していたことに変わりない。

となると、次は隼人が狙われる。

美咲はそれを刑事の中牟《なかむ》礼《れ》哲也《てつや》に訴えるが、相手にされない。

美咲たちと鬼屋敷は、玄田道生の霊を封じるために、伊美山の廃病院へむかった。

ところが今度は、翔太が玄田に憑依されて襲ってきた。美咲たちは危うく殺されそうになるが、守の協力もあって、玄田は地下室に封印された。

守はそのあと警察に出頭して、事件の真相を語った。

警察は守の証言を一笑に付したが、自宅から証拠品が押収されると、逮捕せざるを得なかった。しかし真犯人というあつかいにはならなかった。

玄田の霊が憑依したという主張は常識を超えていたし、いったん保科が犯人と断定したのを覆すのは、警察の威信に関わると判断したらしい。

守は多重人格と診断されて、病院に収容された。

ようやく事件は解決したかに思えた矢先、隼人に殺害の予告電話がかかってきた。

美咲と翔太、里奈と隼人の四人は、刑事の中牟礼を呼びだして、駅前で合流した。

夏祭りでにぎわう街を歩いていたとき、ふと中牟礼に異常を感じた。

中牟礼に玄田が憑依している。

美咲は戦慄《せんりつ》したが、予想に反して、なにも起こらなかった。

「あれで、ぜんぶ終わったんだ」

美咲は自分にいい聞かせるようにつぶやいた。

けれども、なんとなくすっきりしない。

喉《のど》につかえた小骨のように、ひっかかるものがある。なにか大切なことを忘れている気がしてならないが、それがなんなのかはわからない。

事件のことを考えていると、意識のどこかでサイレンが鳴ったようなおびえが走る。

「――思いだしてはいけない」

と誰かが警告しているようにも感じる。

もっとも、あれだけ怖い目に遭ったのだから、そうなるのは当然かもしれない。

気をとりなおしてベッドからおりたとき、ケータイが鳴った。

電話にでたとたん、里奈のうわずった声が流れてきた。

「ねえ、聞いた？　メグが電車に飛びこんだって」

「メグって、まさか――」

「そう。佐々木恵よ」

「嘘でしょ」

「マジだってば。いまニュースでやってるよ」

急いでテレビをつけると、線路の映像とともに佐々木恵の顔写真がちいさく映っている。

ニュースによれば、佐々木恵は昨夜、伊美山のふもとにある踏切から、電車に飛びこんでいた。遺書はなく動機も不明だが、付近では若者の自殺が相次いでいることから、警察は関連を調べているという。

「ね、マジだったでしょ」

里奈の声で、はっとした。

テレビの画面はべつのニュースに変わっていたが、ぼんやり画面を見つめていた。

「動機は、いったいなんなの」

「ぜんぜんわかんない。あたしもニュースを見たばかりだから」

佐々木恵とは、一年のときからおなじクラスである。親友とまではいかないが、昼ご飯を一緒に食べたり、ノートの貸し借りをしたりという程度には仲がよかった。快活な性格で、生徒会の活動に熱心だった彼女が、なぜ自殺したのか。

朝は晴れていたのに、午後から小雨が降りはじめた。

美咲は里奈とふたりで、恵が飛びこんだという踏切へいった。

きょうは土曜日だが、途中で何人も同級生を見かけた。みな事件を聞きつけて、現場にいったらしく、どの顔も涙で曇っていた。

踏切のそばには、花束や線香、菓子やジュースなどが供えられている。

美咲と里奈も、持ってきた花束を供えた。

「どうして死んじゃったの」

と里奈は手をあわせたまま、声を詰まらせた。

「メグが死んじゃうなんて、超へこむよ」

しゃくりあげる里奈の肩を抱きながら、美咲も目頭を押さえた。

ふと、ひとの気配に顔をあげると、立花勇貴が花束を抱えて立っていた。

「――やあ」

と勇貴は力なく会釈した。

勇貴はしばらくうつむいていたが、突然、花束を投げつけるように置いて、

「なんで自殺なんかしたんだよ」

と肩を震わせた。勇貴の悲痛な声に、里奈の泣き声がいっそう高くなった。

美咲は、勇貴が祈りを終えるのを待って、

「恵ちゃんは、なにか悩みでもあったのかな」

いや、と勇貴は首を横に振った。

「彼女とは生徒会で一緒にがんばってきたけど、そんな気配はなかった。最近も文化祭を盛りあげようって張りきってたのに――」

「でも、きのうのホームルームのときは元気なかったけど」

「ぼくらにいえない悩みがあったのかな」

勇貴は考えこむように腕を組んだ。

そのとき警報が鳴って、遮断機がおりた。やがて轟音《ごうおん》とともに電車が通りすぎた。

踏切を電車が通るのはあたりまえだが、恵の死がもう忘れられたようで腹立たしかった。

小雨に濡《ぬ》れた線路には、どこにも事故の痕跡《こんせき》はない。

けれども、ゆうべ恵はここで死んだのだ。

ぼんやりと線路を見つめていると、なにかが前をよぎったような気がした。あわてて眼で追ったが、それは視界から消えた。

「やっぱり、伊美山になにかあるんじゃない」

と里奈が泣き腫《は》らした顔をあげた。

「メグで三人目でしょう。伊美山で自殺したのは」

「この山って、夏にも怖い事件があったんだろ」

と勇貴は、背後の伊美山を指さした。

「そうなの。あたしと美咲もひどい目に遭ったんだから――」

でも、と美咲は、里奈の台詞《せりふ》をさえぎって、

「恵ちゃんは、ほんとに自殺したのかな」

「――えッ」

と勇貴が眼を見開いた。

「勇貴くんのいったとおり、恵ちゃんは文化祭を楽しみにしてたでしょう。彼女が進行も担当してたのに、途中で投げだしたりするかな」

「もし自殺じゃなかったら、誰かに殺されたってこと?」

「まさか、そんな――」

と勇貴はつぶやいて、

「しかし、もしそうだったら大変だよ。早く犯人を捕まえないと」

「うん。でも、あたしの勘ちがいかもしれないし――」

美咲はそういって、伊美山を見あげた。

秋だというのに紅葉もなく、緑が濃い山は生命力にあふれているようで禍々《まがまが》しい。

里奈がいったように、またあそこでなにかが起きているのか。

あの廃病院がある中腹に、美咲は眼を凝らした。

四

月曜日は、朝から全校集会だった。

壇上に立った校長は、佐々木恵はいじめによる自殺ではないと釈明するのに必死だった。そのくせ自殺の動機は説明しない。今後はカウンセラーが常駐する窓口を設けるので、悩みのある生徒は相談しろという。

七月には生徒三人が殺害され、教師が自殺するという事件が起きているだけに、学校のまわりには報道陣がつめかけている。

朝のワイドショーでも、あの不知火高校で今度は女子生徒が自殺、と大々的に報じていた。

「マスコミの取材には絶対応じないように。ご遺族の方に迷惑がかかる」

と担任はいったが、ほんとうは自分に迷惑がかかるのを恐れているのだろう。

耕介は冷ややかな眼で、担任のこわばった顔を見つめていた。

けれども、佐々木恵の自殺には衝撃を受けた。

同級生が自殺したのにも驚いたが、自分が乗っていた電車に飛びこんだと知ったときは、胸がふさがるような心地がした。

クラスはちがうものの、生徒会で活躍する恵の姿は何度も見ている。いつも憂鬱《ゆううつ》な自分とは正反対のタイプだった彼女が、どうして死を選んだのかわからない。けれども、恵のように明るい女性でさえ自殺するのだから、自分が死ぬのは、むしろ当然のように思える。

午後になって、佐々木恵の葬儀がおこなわれた。

耕介は、勇貴と哲平とともに斎場へいった。

「恵さんのことは生涯忘れません。どうぞ安らかにお眠りください」

二年生代表として、勇貴が弔辞を読みあげると、斎場には女子生徒たちの泣き声が響いた。

五年前に祖父が死んだときは、棺《ひつぎ》を開けて花を入れた記憶があるが、恵の棺は最後まで開けられることはなかった。

「軀《からだ》がばらばらで、縫うこともできなかったって」

と誰かがささやくのが聞こえた。

鉄道事故の悲惨さについては、ネットで読んだことがある。

細いレールの上に何十トンもの車両の重量がかかるから、包丁で豆腐でも切るように、人体はあっさり轢断《れきだん》されてしまうという。

潑剌《はつらつ》としていた彼女の軀が、無惨な肉片になったのを想像すると、いたたまれなくなった。

「これからは、いじめパトロールを強化しよう」

斎場からの帰り道で、勇貴がそういった。

「いじめだけじゃなくて、自殺も防がなきゃ」

「――どうやって」

耕介は気乗りのしない声で訊《き》いた。

「とりあえず伊美山も見回ろうよ。あそこで自殺が続いてるんだから」

「伊美山までいってたら、帰りが遅くなるよ」

「毎日じゃなくていいんだ。週に二回か、一回でもいい」

「でも塾に遅刻するから、親に叱られるし――」

「理由をいえば、わかってくれるさ。塾なんかより、友だちの命のほうが大切だろ」

「――それはそうだけど」

週に二、三回の見回りで自殺を防げるとは思えないし、どうせ教師に褒められるのは勇貴だけだ。

そもそも教師に点数を稼ぐために、見回りを思いついたのではないか。そんな邪推も湧いてくるが、勇貴の表情は真剣そのものだし、いうことは正論だから反論できない。

「なあ、一緒にやろうよ」

と、ふだんは無口な哲平までがいう。

哲平は勇貴のいいなりだが、軀がごついだけに威圧感がある。

「じゃあ、親に相談してみるよ」

しぶしぶそういうと、勇貴は晴れ晴れした笑顔になって、

「ありがとう。耕介はやっぱり親友だよ」

哲平もぎごちない笑みを浮かべて、うなずいている。勇貴の頼みを断れないのに厭気《いやけ》が
さすが、まちがったことを強制されているわけではない。

「正しいことをするんだから、仕方ないさ」

と自分にいい聞かせた。

五

佐々木恵の葬儀から三日が経った。

彼女が自殺した動機は不明のままだったが、いじめが原因という声はでなかった。

そのせいか、教師たちは落ちつきを取りもどしつつあった。

けれども生徒のあいだでは、伊美山の呪いだという噂が流れていた。佐々木恵を含めて三人の若者が伊美山で自殺したのだから、そんな噂がでるのは不思議ではない。

伊美山という山自体が不気味なのに、山の中腹には史上最悪といわれた連続殺人鬼――玄田道生が自殺した廃病院がある。

玄田道生の名は、七月の事件をきっかけに、多くの生徒が知るようになった。

美咲は事件について、ほとんど口外しなかった。話しても信じてもらえないと思ったし、周囲に誤解されるのも怖かった。

そのせいか、玄田や伊美山のことは、臆測《おくそく》や誇張がまじって伝わっている。

「伊美山の廃病院で肝試しをすると、精神に異常をきたして殺しあいになる」

「玄田道生はいまも生きていて、伊美山へいくと斧《おの》や鎌で襲ってくる」

そんな都市伝説まがいの噂を耳にするたび、美咲は苦笑するしかなかったが、事件のことを思いだして憂鬱になった。

昼休みに食事を終えて里奈と喋《しゃべ》っていると、吉川彩乃が教室に入ってきた。

校内では評判の美人とあって、男子たちがざわついた。みな彼女をちらちら見ては、肘《ひじ》でこづきあっている。

「あーあ、うちの男子はガキばっか」

と里奈が苦い顔でいった。

「ここに超イケてる子がふたりもいるのに」

彩乃は遠慮がちに近寄ってくると、

「あの、美咲さんに相談があるんですけど」

彩乃とは顔見知りだが、クラスがちがうせいで、いままで喋ったことはない。

唐突な申し出に眼をしばたたいていると、

「このあいだ、佐々木恵さんが亡くなったでしょう。そのことで――」

「恵ちゃんのこと？」

「わたしも美咲さんとおなじ考えで、恵さんは、ただの自殺じゃないって思うんです」

あたしとおなじ考え、と美咲はつぶやいた。

「あたしがそういったって、誰から聞いたの」

「――立花くんから」

やっぱり、と里奈が大声をあげた。

「勇貴くんとつきあってるんだ」

彩乃は頰を染めてうなずいた。

「だめよ。お嬢さんのくせに、あんなイケメンをひとりじめして——」

「もういいから、話を聞こうよ」

美咲はそういって、彩乃をうながした。

「恵さんとはクラスはちがうけど、友だちだったから、すごく悲しくて」

それで、と彩乃は続けて、

「恵さんが亡くなった理由を知りたいんです」

「それは、あたしも知りたい。なにか手がかりでもあるの」

「いいえ。ただ伊美山のふもとっていうのが気になるんです。自殺の動機もわからないけど、どうしてあそこの踏切に飛びこんだのか——」

「あたしもそう思う」

と里奈がいった。

「玄田道生の呪いとか」

「場所が伊美山だからって、そう単純に結びつけるのはどうかな。ほかに理由があるかもしれないじゃない」

「でも、それくらいしか思いつかないよ。あたしたちで調べられるわけでもないし」

彩乃は首を横に振って、

「方法があるんです」

「方法？」

「わたし、すこしだけど見えるんです。美咲さんもそうなんでしょう」

「そんなことを誰が――」

「誰って、あちこちで噂だから」

美咲はじろりと里奈を横目で見た。里奈はかぶりを振って、

「あたしはいってないよ。いや、ちょっとはいったかな」

もう、と美咲は溜息《ためいき》をついて、

「あたしは霊能者じゃないし、見えるっていっても、自分でもよくわからないの。病院に相談したら、きっと頭が変だっていわれるわ」

「でも美咲にそういう能力があるから、あの事件だって解決できたんじゃない」

「あれで解決っていえるかどうかわからない。とにかく変なものが見えるのは、自分でもいやなの。だから、ひとにはいわないで」

「あたしがいわなくても、翔太がとっくに喋ってるよ」

教室の隅で、格闘技ごっこをしていた翔太が、間の抜けた顔でこちらを見た。

美咲がまた溜息をついていると、

「学校が終わってから、里奈さんと一緒にうちへきませんか。ゆっくりお話ししたいんです」

彩乃はそういって微笑した。

その日の放課後、彩乃の家を訪れることになった。

霊に関する話題は苦手とあって、美咲は気乗りしなかったが、里奈はいこうという。

だって、と里奈は市内の総合病院の名前を口にして、

「院長のお嬢さんだってよ。どんなとこ住んでるか見たいじゃない」

待ちあわせ場所の校門へいくと、彩乃のクラスの女の子がいた。

ゆっくり話したいというわりに、なぜ友だちを連れてくるのか。怪訝《けげん》に思っていたら、

「彼女も心霊に興味があるんです」

と彩乃はいった。

女の子は、水野《みずの》早紀《さき》と名乗った。

彩乃の家は、見るからに裕福そうな豪邸がならぶ住宅街にあった。

地元では山の手と呼ばれる一画だが、そのなかでも彩乃の家はひときわ豪華だった。

高い塀をめぐらせた洋風の豪邸で、西洋の城のようないかめしい門を抜けると、芝生の

広がる庭が見えた。家も大きいが、高校生の眼にも凝った造りで、蔦《つた》がからんだ外観は老舗《しにせ》のホテルのような雰囲気がある。

里奈がぽかんと口を開けて、

「やばいよ、これ。マジでセレブじゃん」

「そんなことないです。古い家だし」

と彩乃ははにかんだ。

高い吹き抜けのある玄関に入ると、痩《や》せた中年の女性が会釈した。

母親かと思ってあいさつしかけたが、彩乃はそ知らぬ顔で二階へあがっていく。

「ね、いまのひとって、おかあさん？」

里奈が訊《き》くと、彩乃は首を横に振った。

「じゃあ、もしかして家政婦？　じゃなくてハウスキーパーだっけ？」

「まあ、そんなところです」

「げー、家政婦さんがいる家なんて、ドラマのなかだけかと思った」

彩乃の部屋は、美咲の家の居間くらいの広さがあった。床には毛足の長い絨毯《じゅうたん》が敷かれ、室内はヨーロッパのものらしい家具や調度品で統一されている。

女子高生らしくない雰囲気だが、すべて彩乃の趣味だという。

本棚には、さらに女子高生らしくない医学書や解剖学の本がならんでいる。

「できたら将来は、父の病院を継ぎたいんです」

「すごい。女医さんを目指してるの」

「でも、いまの成績じゃきびしいんです。うちの高校は医学部に進む生徒なんて、ほとんどいないし――」

「大丈夫よ。おとうさんのコネがあるじゃない」

四人は、レストランで使うような円形のテーブルを囲んで、椅子に腰をおろした。

まもなく家政婦だという女性が紅茶とショートケーキを運んできた。

母親の姿がないのが気になったが、単に留守なのかもしれないし、知りあってまもないのに、あれこれ訊くのも気がひけた。

里奈はショートケーキをぱくつきながら、きょろきょろと室内を見まわして、

「あたしが彩乃ちゃんと結婚したら、ちょー逆タマよね」

「女どうしで、どうやって結婚するの」

「性転換したら、できるかもしれないじゃん。それこそ逆にタマを――」

「バカ。変なこといわないの」

里奈がしきりに感心するせいで、しばらく彩乃の家の話題が続いた。

窓の外はもう暗くなっている。

ふたたび家政婦が入ってきて、カップや皿をさげていった。

相談があるといったのに、いつになったら本題に入るんだろう。

他愛のない会話に疲れてきたとき、

「それで、恵さんのことなんですけど」

彩乃が頃合いを見計らったように切りだした。

「いまから、彼女を呼びだそうと思うんです」

「――えッ」

「降霊術です。亡くなった祖母から教わった方法があるんです」

「やだそんなの。怖いよ」

里奈が肩をすくめた。美咲も眉《まゆ》をひそめて、

「そういうのって、遊び半分でやらないほうがいいと思うけど」

「遊び半分じゃありません」

彩乃はきっぱりといった。

「祖母からも、絶対に遊びでやってはいけないっていわれましたし。恵さんが自殺した理由を、どうしても知りたいんです」

降霊術などうさん臭いし、素人がやるのは危険に思える。

けれども彩乃の真剣なまなざしを見ると、断りきれなかった。もし恵の理由がわかったら、という幽《かす》かな期待もあった。

彩乃はカーテンを閉めて、照明を常夜灯だけにすると、

「はじめに降霊術のやりかたを説明しますね」

まず参加者はテーブルを囲んで、椅子に座る。

次に全員が両手を伸ばして、てのひらをそっとテーブルに置く。

そのあと眼をつぶり、呼びだしたい人物のことを念じる。

「方法はこれだけです。うまくいけば、恵さんの霊があらわれるはずです」

「そんなに簡単なことで？」

「ええ。ただ、ふつうのひとばかりだと効果がない場合もあります。やっぱり霊に敏感な体質のひとがいたほうがいいです。わたしも霊を感じるけど、ほんのすこしだから、美咲さんの力を借りようと思ったんです」

と彩乃はいって、

「それじゃあ、はじめましょう」

四人はテーブルの上に両手を伸ばして、眼を閉じた。

美咲は効果を疑いつつも、しばらく恵の姿を思い浮かべた。

しかし当然のように、なにも起こらない。

家が広いせいか、外の音は聞こえず、あたりは静まりかえっている。

十分は経ったと思える頃、伸ばしたままの腕が、だるくなってきた。

もうあきらめるべきだと思ったとき、ずるり、とテーブルが動いた。

「きゃッ」

と里奈の悲鳴が聞こえた。

ずるり、とまたテーブルが動いた。

「怖いよう」

里奈の声をよそに、テーブルは左にいったり右にいったり、ずるずると動く。

「――恵さんですか」

と彩乃が低い声でいった。

不意にテーブルは動きを止めた。と思った瞬間、ぐらりとテーブルが揺れた。

思わず眼を開けると、テーブルは脚を浮かせて、斜めに傾いている。

隣で里奈がおびえきった顔をして、

「なにこれ、ぜんぜん力を入れてないのに」

「ちょっと、静かにして」

と美咲はいった。

むろん美咲も手に力を入れてはいない。強いていえば、てのひらがテーブルに吸いついているような感触がある。彩乃か彼女の友人の早紀が動かしている可能性もあるが、力を入れているようには見えない。

まもなくテーブルは水平にもどった。

宙に浮いていた脚が床を打って、どすんと音がした。

「恵さんにおうかがいします」

と彩乃がいった。

「あなたはなぜ自殺したのですか。学校での悩みが原因なら、テーブルの脚で床を一回叩《たた》いてください。それ以外の悩みが原因なら、二回叩いてください」

やがてテーブルは、がたがたと左右に揺れだした。

まるで、じれったがっているような動きだった。

「どちらでもないのですか。イエスなら一回、ノーなら二回、床を叩いてください」

テーブルが傾いて、四股《しこ》を踏むように脚を振りおろした。

一回ということはイエスである。

「では恋愛とか家庭の悩みですか」

テーブルの脚は、床を二回叩いた。

「じゃあ、恵さんが自殺した場所になにか関係が——」

彩乃がいい終わらないうちに、どすんと床が鳴った。

とっさに四人は顔を見あわせた。

常夜灯のぼんやりした明かりのせいか、どの顔も不気味な陰影にくまどられている。

息苦しい沈黙が続いた。

彩乃はおびえた表情で、口を開くのをためらっている。ふと里奈が声を震わせて、

「——もしかして、玄田道生が」

といいかけたとき、テーブルがいままでにないほど大きく傾いた。

驚いて手をひっこめた瞬間、テーブルは投げだされたように床に転がった。

里奈が悲鳴をあげて尻餅《しりもち》をつき、烈しい物音に家政婦が駆けこんできた。

階下からテレビの音がしなくなったのは、午前三時だった。

耕介は自分の部屋で、パソコンにむかっていた。いつものように自殺サイトを見ているが、神経が昂《たか》ぶっているせいか、内容はまったく頭に入ってこない。

「——ああ、むかつく」

と耕介はつぶやいた。

きのうは、いじめパトロールを終えてから、伊美山へいくはめになった。

自殺を防ぐために伊美山の見回りをするのは、しぶしぶ承知したものの、いついくとは決まっていなかった。ところが勇貴は校内を見回っている途中で、

「きょうは伊美山にもいくからね」

突然そういいだした。

前もって日にちがわかっていれば、塾と両親に相談できたが、急にいわれても対処のしようがない。耕介は日を変えて欲しいと頼んだが、勇貴は聞いてくれない。

「すぐに終わるから平気だよ」

いこうよ、と哲平も言葉少なに圧力をかけてくる。

「それに耕介くんの都合で日にちを変えて、誰かがきょう自殺したらどうするの」

「まさか、そんな――」

「そのまさかがあぶないんだよ。もしなにかあったら、ずっと後悔するよ」

じゃあ見回りをしない日はどうなるのか。そんな疑問が口をついたが、言葉にはならなかった。

伊美山の見回りは、想像以上につらかった。

暗い山道を歩きまわっても、自殺しそうな者どころか通行人にすら逢《あ》わない。冷たい夜風に軀《からだ》は冷えきってくるし、急な勾配《こうばい》に足が萎《な》える。

勇貴はすぐに終わるといったのに、塾には一時間近くも遅刻した。

塾の講師はなにもいわなかったが、両親にはちゃんと連絡が入っていた。事情を説明しても両親は聞く耳を持たない。

「どうして、おまえが見回りなんかするんだ。ひとの世話を焼いてる場合じゃないだろう」

「その立花くんって子にいいなさい。親がやめるようにいってるって」

はいはい、と耕介は胸のなかでつぶやいた。

自分が死のうかと迷っているのに、見回りなどしている場合ではない。そんなことは、父にいわれなくてもわかっている。しかし勇貴の頼みを断れないだけだ。

さんざん文句をいわれたあと、ようやく解放されて階段をのぼっていると、

「どうせ、どこかでさぼってたんだろう」

父がそうつぶやくのが聞こえた。母が溜息《ためいき》をついて、

「耕二なんか、自分から塾へいきたがったのにね」

とっさにひきかえして、怒鳴りちらしたい衝動に駆られた。

わが子を信じていないうえに、なにかといえば弟と比較する。そんなに耕二がかわいいなら、耕二だけを育てればいい。

だいたい学校もそうだ。差別はいけないとみな口ではいうが、容姿を比較され、成績を比較され、体力を比較され、家柄を比較される。ひとより勝る者は敬われ、ひとより劣る者は蔑《さげす》まれる。

立花勇貴のようにすべてに秀でた者もいれば、自分のようにすべてに劣る者もいる。

いまの状態は、学校を卒業しても変わらないだろう。むしろ社会にでれば、もっと大きな差をつけられる。

この先もみじめな気持で生きていくより、勝ち目のない勝負をおりたほうがいい。

となると死ぬしかないが、単に自殺するのもむなしい。

どうせ死ぬのなら、両親を困らせたい。弟の将来にも傷をつけたい。

われながら醜い欲求が腹の底に湧いてくる。そんなことを考えてはいけないと思うが、悪いのは自分だけではないという気もする。

こんな自分を産んだ両親も悪いし、こんな人間に育てた世の中も悪い。

ふと、何年か前にテレビをにぎわした通り魔殺人を思いだした。あの事件の犯人も自分とおなじような考えで、犯行におよんだのではないか。

事件のことを検索していると、犯人の若者を讃《たた》えるような書きこみがあちこちにあった。社会では落伍《らくご》者だった者が、ここでは英雄視されている。書きこみがどこまで本気かはわからないが、犯人に共感をおぼえる若者が多いのはたしかだろう。

生まれてからずっと負け犬だったが、最後に一矢報いたい。そういう気持は自分にもある。

けれども、誰に一矢報いればいいのかがわからない。強いていえば周囲の人間すべてだが、ほとんどの相手に勝てる気がしない。ならば、勝てる相手を捜すしかない。

耕介は、過去の無差別殺人事件を検索しながら、街角で殺戮《さつりく》を重ねる自分を思い浮かべた。

ナイフで、銃で、あるいは爆弾で、眼についた人間を手当りしだいに殺す。

悲鳴があがり、鮮血が飛び、平和な街が阿鼻叫喚の地獄と化す。

自分よりはるかに恵まれていた者たちが、一瞬で奈落へ落ちていく。

いつのまにか、おぞましい想像に耽《ふけ》っている自分に、ぎょっとした。あくまで想像とはいえ、殺人に快感をおぼえるのは異常なようで、自分がますます最低の人間に思えてくる。

自己嫌悪を感じながらマウスをクリックしていると、週刊誌からスキャンしたらしい写真が眼についた。

それは、四年前に起きた連続通り魔事件の犯人の顔写真だった。

どこかで見た顔だと思ったら、勇貴に似ている。

目元は黒く消されているが、鼻と口元がそっくりである。

まさかと思って、顔写真と一緒に掲載されている記事に眼を通した。

事件が起きたのは、四年前の七月だった。

当時十五歳の高校一年生だった少年Aは、塾から帰る途中だった中学一年生の女の子を、路地裏に連れこみ、サバイバルナイフでめった刺しにした。

続いてAは、現場近くを通りかかった二十一歳の女性会社員の下腹部をナイフで刺した。

女性が地面に倒れると、Aは馬乗りになって、執拗《しつよう》に背中を刺した。

七十歳の男性が犯行を目撃して止めに入ったが、Aは男性の胸と腹を刺して逃走した。

最初に襲われた女子生徒の刺し傷は二十数か所におよび、救急車が到着したときには、すでに出血多量で死亡していた。

次に刺された女性会社員は、子宮から脊髄《せきずい》に達する傷が致命傷となり、搬送先の病院で死亡した。最後に襲われた七十歳の男性は一命をとりとめたが、意識不明のまま、事件から二か月後に死亡した。

Aはナイフを振りかざしたまま、繁華街を走っていたところを警官に取り押さえられた。Aは、どの被害者とも面識がないことから、発作的な犯行の可能性が強く、精神鑑定にかけられた。

記事はそこで終わっていて、Aのその後はわからない。

この少年Aが、立花勇貴だったら——。

一瞬、そんな想像がよぎった。

しかし三人もの人間を殺傷して、わずか四年で社会復帰はできないだろう。まだ少年院か刑務所にいるはずだ。

それに犯行時に十五歳なら、いまは十九歳になっているから、高校二年の勇貴とは年齢があわない。

だいたい、すべてに恵まれた勇貴が通り魔殺人などするはずがない。

そうは思うものの、あらためて犯人の顔写真を見ると、やはり似ている。

耕介は眠い眼をこすりながら、事件に関する情報を検索した。

しかし事件から四年も経っているせいか、特に目新しいものはない。

ただ、あるサイトに少年Aがいたという中学校が実名で記されていた。

「――大成《たいせい》中学」

と耕介はつぶやいた。

大成中学といえば、弟の耕二が通っていた名門の私立中学である。

通り魔殺人をするような少年が、そんな進学校にいたとは意外だった。

ふと耕二に事件のことを訊《き》いてみようかと思った。しかし事件が起きたのは四年前だから、耕二はまだ入学していない。

「もういいや」

耕介はひとりごちて、パソコンを閉じた。

どう考えても少年Aは、勇貴とは別人だろう。

他人の空似というだけで、あれこれ調べるのは時間のむだだ。

時刻は、もう午前四時をまわっている。

あと二時間もすれば、また憂鬱《ゆううつ》な一日がはじまる。

耕介は溜息をついて、ベッドにもぐりこんだ。

六

その日は、週末の編集会議だった。

美咲たち文芸部の面々は、いつものように放課後の教室で机を囲んだ。

みな鬼屋敷の指摘がこたえたようで、作品を書く以前の問題でひっかかっている様子だった。

美咲自身も短篇《たんぺん》小説を書きかけたまま、行き詰まっている。

読者になにを伝えたいのか。

自分なりの視点、自分ならではの思いを反映させろと鬼屋敷はいったが、いま書いている小説も前のとおなじで、ひとりよがりになっている気がする。

むろん読者に伝えたいことはあるし、自分なりの思いもある。

けれども、それをどう形にしたらいいのかがわからない。

部長の美咲がそんな調子だから、会議はつい雑談になる。

話題になったのは、彩乃の家で見た降霊術である。

「メグの霊がいったの。玄田道生に殺されたって」

「恵ちゃんの霊が直接そういったわけじゃないでしょう。それにテーブルが倒れただけで、殺されたともいってないよ」

と美咲はいったが、里奈はすっかり信じているようで、

「だって、あんなに重いテーブルがひとりでに動くのよ。絶対に霊の仕業よ」

たしかに、誰も力を入れていないテーブルが、質問に答えるように動いたのは事実である。といって、あれが佐々木恵の霊だったかどうかはわからない。

「じゃあ、ほかの霊ってこと？」

「さあ。だいたい降霊術なんて見たのは、はじめてだし――」

「美咲は、なんか見えたりしなかったの」

と翔太が訊いた。

「怖かったけど、特になにも感じなかった」

「肝心なときに見えないなんて、鈍いんじゃねえの」

「だから、あたしは霊能者じゃないってば」

「でもさあ」

と隼人がいった。

「また玄田が蘇《よみがえ》ったら、怖いよ。次はおれが殺されるはずだったんだから」

「そうよね。隼人が伊美山で自殺したらどうしよう」

「おれは死ぬつもりなんかないけど――」

隼人と里奈の会話を聞いて、美咲も不安になった。

玄田道生は、伊美山の廃病院の地下室に封印したはずだ。けれども、もしその封印が解かれているとしたら――。

伊美山で連続した自殺と、玄田の関係を調べたほうがいいかもしれない。もし玄田が関わっているとすれば、あらたな被害者がでる可能性もある。

しかし自分だけでは、真相を見極める自信がない。やはり、そういう能力のある人物の力を借りるべきだろう。そのことをみんなにいうと、

「そういう能力があるっていうと、霊能者みたいなひと?」

翔太の問いに、美咲はうなずいた。

「彩乃ちゃんじゃだめかな」

と里奈がいった。

「あの子も見えるっていってたし、降霊術もできるんだから」

「だめってことないけど、もっと、そういう方面にくわしいほうがいいと思う」

「でも霊能者なんて、どこにいるの。テレビにでてるようなひとに頼んだら、お金もかかるだろうし」

「そんな有名なひとじゃなくていいの。本物の霊能者だったら、誰でもいい」

「どこで本物って見わけるのよ」

「それがむずかしいんだけど」

と美咲は首をひねって、

「やっぱり、鬼屋敷さんに相談するしかないか。いまからでも家に――」

といいかけたとき、里奈が手でバツ印を作った。

「ごめん。あたしと隼人は、いまからデートだから」


「あのふたりは勝手だよな」

鬼屋敷の家へいく途中で、翔太がいった。

「玄田が怖いとかいってたくせに、先に帰りやがって」

美咲は暗くなった道を早足で歩きながら、

「しょうがないでしょ。カップルの邪魔はできないもん」

「いいよな、みんなカップルで。おれも文芸部なんかに入らなきゃ、出逢《であ》いがあったのになあ」

気の早い同級生たちは、もうクリスマスの話題で盛りあがっている。イブまでは、まだ二か月近くあるのに、誰とデートするとか、プレゼントをどうするとか騒いでいる。

恋人が欲しいのは美咲もおなじだが、無理に作ろうとは思わないし、そのために自分のやりたいことを曲げたくない。

「文芸部で悪かったわね」

と美咲はいった。

「なんなら、ほかの部に入れば、いまからでも出逢いがあるかもよ」

「そんないいかたするなよ。ただ、うらやましいっていってるだけじゃん」

美咲が黙っていると、翔太は急に話題を変えて、

「あのおっさん、まだ怒ってるよ。こないだ怪談のネタがなかったから」

「かもね」

このあいだ部誌の感想を訊きにいったとき、鬼屋敷にはさんざん文句をいわれた。きょうも、前もって相談があるといえば、断るに決まっている。それを見越して電話もしなかった。

鬼屋敷の家は、あいかわらず廃墟《はいきょ》のように静まりかえっていた。

玄関で声をかけたが、返事はない。

「絶対居留守だよ。大人げないおっさんだなあ」

翔太がそういって、ガラス戸を開けたとき、

「誰が大人げないおっさんだと」

背後から野太い声がして、ぎくりとした。

振りかえると、鬼屋敷がスーパーのレジ袋を両手にさげて立っていた。レジ袋からは、

ネギと焼酎《しょうちゅう》の瓶が覗《のぞ》いている。翔太がにやにやして、

「夕飯の買出しですか」

鬼屋敷は無視して家に入っていく。美咲と翔太があとをついていくと、鬼屋敷は空き缶と酒瓶だらけのキッチンにレジ袋を投げだして、

「誰があがっていいっていったんだ」

と怒鳴った。美咲は一瞬たじろいだが、無理に笑顔を作って、

「実は先生に相談があるんです」

「おれはきみたちに協力してるのに、きみたちはなんにもしない。自分の用があるときだけやってきて、なにが相談だ」

「怪談のネタを持ってこいってことですか」

「もうどうでもいい。きみたちには期待してない」

美咲は思わずむっとして、

「先生は作家でしょう。ネタがなければ、自分で話を作っちゃえばいいのに」

「そりゃ自分でも作れるさ」

と鬼屋敷は胸を張った。

「でも苦労してアイデアをひねりだすより、取材したほうが早い。それに実際にあったという話には、頭で考えたんじゃ思いつかないような、意外な展開や結末も多い」

「そういえば、先生はあのときのことを小説にするんじゃなかったんですか」

あのときのこととは、七月に起きた一連の事件である。

「だめだ。出版社にプロット、つまり筋書きを見せたら、荒唐無稽《むけい》すぎるっていいやがった」

「でも、ほんとうにあったことなのに」

「テレビや新聞を見りゃあ、わかるだろ。フィクションを上回るような信じられない事件がしょっちゅう起こってる」

「現実のほうが、作家の想像力を上回ってるってことですよね」

「ちがう。想像力っていうのは——」

と鬼屋敷はいいかけて、坊主頭を掻《か》きむしった。

「ええ糞《くそ》ッ。なんでまた、きみらを相手に講釈を垂れてるんだ」

十月も末とあって、放課後の校内はあっというまに暗くなる。

消火栓の赤いランプが灯《とも》る廊下を、耕介は肩を落として歩いていた。

寝不足のせいか、勇貴と哲平のあとを追いかけるだけで息が切れる。

もはや日課になった、いじめパトロールである。

いじめパトロールをはじめて、もう三か月になるが、一度、トイレで煙草を吸おうとしていた生徒を見つけただけで、いじめの現場を発見したことはない。

そもそも七月の事件以来、教師たちは生徒の様子に眼を光らせていた。にもかかわらず、佐々木恵の自殺という不祥事が起きたから、教師たちの神経は張りつめている。

そんな状況で、露骨ないじめをおこなう者はいないだろう。いないとわかっているのに校内を見回るのは徒労に思えて、さらに疲れが増す。

しかし、わずらわしいのは、いじめパトロールだけではない。きょうも――これから塾と満員電車と両親の小言が待っていると思うと、うんざりする。

三人は一時間近く校内を見回ったあと、パトロールの終了を告げに職員室へ入った。べつに報告を義務づけられているわけではなく、勇貴の自主的な行為である。

「いじめパトロール、終わりました。きょうも異状ありませんッ」

勇貴が背筋を伸ばして、威勢よくいった。

「おお、お疲れさん」

と教師たちは口々に勇貴をねぎらっているが、哲平と耕介に声がかかるのはまれである。

もし自分が就職したら、会社でもこんな感じだろう。

毎日いやいや業務をこなすだけで、誰かに感謝されることもない。いつまで経ってもうだつはあがらず、歳だけとっていく。

そんな苦しみを味わう前に、人生にけりをつけたほうがましだ。

今夜あたり、思いきってネットの自殺仲間の募集に応じてみようか。ひとりでは勇気がなくても、仲間が一緒なら死ねるかもしれない。

教師と談笑している勇貴を眺めながら、そんなことを考えていると、けさネットで見た写真が脳裏に浮かんだ。

他人の空似だと思いながらも、少年Aの顔と、眼の前の勇貴が重なる。

そういえば、少年Aは弟とおなじ中学に通っていたらしいが、勇貴はどこの中学出身だろう。

職員室をでて廊下を歩きだしたとき、耕介はおずおずと訊《き》いた。

「勇貴くんって、中学はどこだっけ」

「――えッ」

と勇貴は怪訝《けげん》な顔をしてから、

「県外の中学だから、校名をいってもわからないだろ」

いつになく張りのない声でいった。

瞬時に答えがかえってくると思っていただけに、勇貴の反応は意外だった。

さらに勇貴は、

「耕介くんはどこの中学なの」

と反対に訊いてきた。校名をいうと、さして関心なさげに、

「ふうん。そこって進学校じゃないの」

「たいしたことないよ。ふつうの市立だし」

耕介はそういってから、ふと思いついて、

「弟は大成中学だけど」

へええ、と勇貴はいった。

「優秀なんだね」

そこで会話は途切れて、勇貴たちとは校門をでたところで別れた。

けれども耕介は、わずかに昂《たか》ぶっていた。

大成中学といったとき、勇貴の表情に一瞬、翳《かげ》が走ったのを見逃さなかった。

いったんは打ち消したはずの疑惑が、じわじわと頭をもたげてきた。


その夜、ひさしぶりで耕二に電話した。

大成中学のことで頼みがあるというと、

「どうしたの。もしかして、いまから入学したいとか」

弟はさっそく厭味《いやみ》をいったが、耕介は取りあわずに、

「四年前の卒業アルバムが見たいんだ」

「ないよ、そんなの。四年前なんて、おれが入学する前じゃん」

「でも学校にはあるだろ」

「そりゃあるだろうけど、個人情報だから見せてくれないさ」

「おまえは卒業生なんだから、なんとかうまいこといって——」

「やだよ。わざわざ中学までいきたくねえよ」

「だったら、おまえの知りあいで、誰か持ってないかな」

「友だちの兄貴が、その頃の卒業生だったと思うけど」

「その友だちに頼んでみてくれよ」

「めんどくせえな。だいたい卒業アルバムなんか見て、どうするんだよ」

「ちょっと調べたいことがあるんだ」

「なにを調べるの」

とっさに答えられずに口ごもっていると、耕二は溜息《ためいき》をついて、

「まあ、どうでもいいけどさ。いま勉強が忙しいから、そんなことやってるひまはないよ」

「頼むよ、礼はするから」

「いちおう頼んではみるけど——」

と耕二はいって、

「兄貴も変なことばっかやってないで、勉強したら。父さんも母さんも心配してるだろ」

「ああ、わかったよ」

耕介は腹が立つのを我慢して、電話を切った。

四年前の大成中学の卒業アルバムに、立花勇貴の写真が載っているか。

それが知りたくて弟に電話したが、いまの調子では、卒業アルバムを探してくれるかどうかわからない。もしだめなら、べつの方法を考えるしかない。

けれども思いすごしの可能性が高いのに、そこまで執着する必要があるだろうか。

あるいは、勇貴が少年Aであることを望んでいるのだろうか。

だとしたら、勇貴を陥れようとしているようで、自分が醜悪に思えてくる。

いずれにせよ、真相を確かめるまで、自殺は延期するしかなさそうだった。


「それはテーブルターニングだな」

彩乃の家で見た現象を美咲が説明すると、鬼屋敷はそういった。

「テーブルターニングというのは、十九世紀にヨーロッパで流行した降霊術だ。やりかたは美咲くんたちがやったのとおなじで、参加者が軽く触れているだけのテーブルが動いて、霊の言葉を伝える。日本には明治時代に伝わってきて、コックリさんの原型といわれている」

「でもコックリさんは、アイウエオを書いた紙に十円玉を置いてやりますよね」

「日本に伝わった頃のコックリさんは、お盆やお櫃《ひつ》の蓋《ふた》に三本の脚をつけたテーブル状のものだった。当時はコックリさんに狐狗狸という字をあてていた」

「なんで、そんな字をあてたんだろ」

と翔太がいった。

「昔のひとはコックリさんが動くのを見て、狐や天狗《てんぐ》や狸の仕業だと思ったんだ。いまでもコックリさんをやって、狐が憑《つ》いたとかいうだろ」

「でも最初のコックリさんは、テーブルターニングみたいなものだったのに、どうしていまの形になったんですか」

「いまのコックリさんは、やはりヨーロッパで生まれたウィジャボードの模倣だろう。ウィジャボードはアルファベットを書いた盤に、穴の開いた板を置いて文字を読みとる」

「コックリさんとおなじだ。じゃあキューピッドさんとかエンジェルさんとかも――」

「呼びかたがちがうってだけで、原理は一緒だよ」

ところで、と美咲はいって、

「テーブルターニングで起こる現象は、ほんとうに霊の仕業なんですか」

「コックリさんとおなじで、昔は心霊現象と信じられていたが、いまは自己暗示とか筋肉疲労が原因という意見が多い。テーブルターニングについては、イギリスの科学者のファラデーが詳細な実験をした結果、テーブルを動かしているのは人間の手だと結論づけている」

「じゃあ、インチキなんだ」

と翔太がいった。

「いや、それだけでインチキとは決めつけられない。人間の手がテーブルを動かしているといっても、参加者は無意識だからね。たとえば、霊が潜在意識に作用しているという解釈もできる」

「でも、わざと動かしてる場合は――」

「しょうもない質問をするな。そんなのはインチキに決まってるだろ」

美咲は、あのときの情景を思い浮かべた。

里奈はもちろん、彩乃と早紀にも、わざとテーブルを動かしているような気配はなかった。むろん断定はできないが、彩乃たちにそんなことをする理由がない。

参加者が無意識のうちにテーブルを動かすということは、あるいは自分や里奈がそうしていた可能性すらある。

けれども、彩乃の部屋にあったテーブルは、かなりの重量がありそうだった。

あれを無意識のうちに動かせるのだろうか。意図的にやっても大変そうなのに、最後にテーブルは倒れたのだ。

そのことについて鬼屋敷に意見を訊《き》くと、

「きみたちは、こんな遊びをやったことはないかね。五人が一組になって、ひとりが椅子に座る。残りの四人は指を組んで、両手のひと差し指だけ伸ばした状態にする。そのひと差し指を、椅子に座っている者の腋《わき》と膝《ひざ》の裏に入れる。つまり腋にふたり、膝の裏にふたりだな」

「あー、それやったことある」

と翔太が叫んだ。鬼屋敷は顔をしかめて、

「黙って聞け」

「だって、やったことないかって訊いたじゃないですか」

「いいから、最後まで聞け。えーと、なんだっけ」

「椅子に座ってるひとの腋と膝の裏に、四人がひと差し指を入れるんですよね」

「そうだ。そのあと、せーの、で座ってる者を持ちあげる。しかし最初は持ちあがらないから、今度は座ってる者の頭の上に、四人が両手をかざす。その際に、たがいの手が触れないようにする。すこし待っていると、てのひらがじわじわと温かくなってくる。そうしたら、さっきの要領で、もういっぺん座ってる者を持ちあげてみる」

「そうしたら、どうなるんですか」

「今度は軽々と持ちあがる。自分の顔の高さくらいまでね」

翔太が待ちかねたように、

「おれも小学生のときやったけど、不思議だったなあ。クラスでいちばんのデブが宙に浮いたもん。でも、なんで二度目は持ちあがるんだろ」

「この遊びも自己暗示だよ。ひと差し指だけでは人間は持ちあがらないという先入観があるから、最初は失敗する。さらに、この遊びの説明をする際、最初は持ちあがらないと前置きすることで、先入観はさらに強まる。ところが、てのひらを重ねるというおまじないで暗示をかけると、先入観が解けて持ちあがるようになるんだ」

「じゃあテーブルが倒れたのも、暗示の力ってことですか」

「個人的にはそうだという気がするが、さっきもいったように断定はできん」

「じゃあ恵ちゃんの霊が、あたしたちを通じてテーブルを動かした可能性も――」

「ないとはいえん。いずれにしても、玄田道生という名前に反応したのが気になるな」

「あたしもそれが心配なんです。もし恵ちゃんや、大学生の自殺に玄田が関わってたら――」

うーん、と鬼屋敷はうなって、

「まあ、調べてみる価値はありそうだな。なにかわかったら教えてくれ」

「教えてくれって、先生は協力してくれないんですか」

「ずっと協力してるじゃないか。こうやって執筆時間を割いて、きみらの相手をしてる」

「それは、そうですけど」

「だろ。きょうはもう遅いし、おれはいまから仕事なんだ。きみたちもそろそろ――」

鬼屋敷はそういって、ちらちらと時計を見た。

「要するに、帰れってことですね」

「あのね」

と鬼屋敷はいった。

「みなまでいわせるなよ。なにかいわれる前に、気をまわすのが大人ってもんだ」

翔太が口を尖《とが》らせて、

「だって、おれたち高校生ですもん」

「もう、ほとんど大人じゃないか。昔は元服っていって十代で、もう大人の――」

わかりました、と美咲は鬼屋敷の話をさえぎって、

「ひとつだけお願いがあります。霊能者を紹介して欲しいんです」

「前にもそんなことをいってたな」

と鬼屋敷は溜息《ためいき》をついて、

「そういう知りあいはいるにはいるが、紹介してどうする」

「今回の事件に玄田道生が関わってるかどうか、霊能者に見て欲しいんです。それと恵ちゃんが亡くなった理由も」

「だいたい霊が見えるかどうかなんて、おれにはわからん。誰を紹介しようと、これが本

物の霊能者だって保証はできんよ。それに看板をあげてる霊能者は、みんな金がかかる。どうせ、きみらに謝礼は払えんだろ」

「そこは先生のお力でなんとか」

と翔太が揉《も》み手をした。

「調子のいいことをいうな。まあ考えてはおくが、あまり期待せんように」

さあ仕事仕事、と鬼屋敷は背中をむけて、わざとらしくキーボードを叩《たた》きはじめた。

七

あれから、勇貴の態度が変化した。

勇貴に中学の校名を訊いたり、弟が大成中学の出身だといったのは三日前である。それ以来、いじめパトロールを早めに切りあげるようになったし、伊美山の見回りにもいこうといわない。

いじめパトロールのあとは、やけにやさしい声で、ねぎらいの言葉をかけてくる。

「疲れたろ。いつも遅くまでつきあわせて悪いね」

きょうの帰りには、ジュースまでおごってくれた。

単に塾があるのを気遣ってくれているような気もするが、ふと視線を感じて眼をやると、勇貴がこちらを見ていることが何度かあった。

そんなとき、勇貴の眼は日頃とちがう暗い光をたたえているようで不気味だった。

その夜、塾から帰ると、耕二からメールがきていた。「注文の品」というタイトルだから、大成中学の卒業アルバムを手に入れたのだろう。

弟がこんなに早く頼みをきいてくれるとは思わなかったから、すこし感動した。

ところがパソコンに届いたメールを開くと、なんの前置きも説明もなく、

「正月にそっちへ帰ったとき、兄貴のお年玉半分くれよ」

とだけ書かれていた。

耕介はむっとしながら、添付ファイルを開いた。

クラスごとに分かれたページには、生徒たちの顔写真と氏名がならんでいる。卒業アルバムをスキャンしたようで画質は悪いが、顔と氏名はなんとかわかる。

このなかに立花勇貴がいるかもしれないと思うと、心臓がどきどきした。

しかし、ひととおり眼を通しても、立花勇貴らしい顔写真はなかった。念のために名前も調べたが、結果はおなじだった。

「──やっぱり、勘ちがいだったか」

耕介は深々と溜息をついた。

むだなことに労力を費やした虚脱感と、勇貴に疑いをかけたうしろめたさが同時に襲ってきた。

心のどこかで、勇貴が犯人であって欲しいと願っていたような気がする。

勇貴をうらやむあまりに、あらぬ疑いを抱いたと思うと、自分がどうしようもなく醜い存在に思えてくる。自分が勇貴に劣っているからといって、彼の過去までほじくりかえそうとするのは妬《ねた》み嫉《そね》みの塊ではないか。

自己嫌悪に陥ったせいか、宿題をやる気も失《う》せていた。

やはり、こんな人間は生きていても仕方がない。

そんな思いに駆られて、ひさしぶりに自殺サイトを覗《のぞ》いた。

掲示板には、あいかわらず集団自殺の仲間をつのる書きこみがならんでいる。

最近は露骨な募集があると、管理人は警察に通報する義務があるらしいが、目立たないように運営しているサイトもたくさんある。

「二十七歳♂です。今週じゅうに決行します。車、七輪、練炭は当方で用意します」

「十九歳、無職です。硫化で一緒に逝きませんか。材料はそろえましたので、連絡待ってます」

集団自殺の方法は、ずっと練炭による一酸化炭素中毒がおもだったが、このところ硫化水素が増えてきた。

どちらの方法も苦痛はないという噂だし、仲間がいるのは心強い。

いまの沈みきった気分のうちに、とりあえずメールを送ってみようかと思った。

けれども、どの書きこみにメールを送るかとなると、迷いが湧く。

掲示板の情報だけでは、どの書きこみを信頼していいかわからない。集団自殺を装って仲間をつのっては、参加者に暴行を働いたり、金品を奪ったりという事件が過去に何件も起きている。

掲示板に書きこんだ人物が信頼できても、参加者がまともとは限らない。

そう考えていくと、集団自殺は気が進まない。

ならば、ひとりで死ぬしかないが、練炭も硫化水素も自分では準備できない。練炭と硫化水素以外で楽に死ねる方法といえば、縊死《いし》、つまり首吊《つ》りらしい。

ネットで調べた限りでは、首吊りは首の動脈を圧迫して、脳へ流れる血液を遮断するために、苦痛を感じる前に意識を失うという。

首吊りなら簡単に実行できる。押入れに手頃な長さの延長コードがあるから、家でも外でも適当な場所にぶらさがればいい。

とはいえ、ほんとうに苦痛がないのかが気になる。

首吊りをキーワードにネットで検索していると、また大学生が伊美山で首吊り自殺、という見出しが眼にとまった。

今月に入って、大学生が相次いで伊美山で自殺したのは聞いていたが、ふたりとも首吊りとは知らなかった。見出しをクリックすると、週刊誌のものらしい記事へ飛んだ。

十月××日、不知火市内の伊美山で、大学二年の男性が首を吊って自殺しているのが発見された。遺書はなく動機も不明だが、伊美山では今月はじめにも大学二年の男性が首を吊って自殺している。

亡くなった大学生は、ふたりとも進学校として有名な大成中学出身で、当時はおなじクラスに在籍していたことから、警察は事件との関連を調べている。

すこし前の記事らしく、佐々木恵の自殺には触れていない。しかし気になるのはそのことではなく、ふたりとも進学校として有名な大成中学出身だった、という一文である。

いまが大学二年ということは、四年前に大成中学を卒業している。

つまり自殺したふたりは、連続通り魔事件の犯人、少年Aとおなじ学校のおなじ学年だったことになる。

おなじクラスの生徒がふたり、伊美山で自殺しただけでも不自然なのに、少年Aと同級生だったとは、偶然にしてはできすぎのような気がした。

「なにかあるんじゃないか」

耕介は、ふたたび検索をはじめた。

大成中学と自殺をキーワードに調べていると、大成中学OBスレという掲示板にたどり着いた。そこで自殺した大学生に言及しているらしい書きこみを発見した。

187 名前: 名無しさん 2008/10/××(木) 00:05:33
海老原に続いて、首藤も自殺するなんてありえナサスww

188 名前: 名無しさん 2008/10/××(木) 00:45:12
せっかく大成でたのに、どっちもバカ大学しか通らなかったせいと思われ

189 名前: 名無しさん 2008/10/××(木) 01:25:23
オマイラ実名晒すのヤメレ。

190 名前: 名無しさん 2008/10/××(木) 01:40:54
ダチのあいだじゃ伊美山の呪いだって噂

191 名前: 名無しさん 2008/10/××(木) 03:45:36
おれ同クラだったけど、海老原と首藤は札付きのワル。
カツアゲばかりやってたのに、大成卒業できたのが謎

192 名前: 名無しさん 2008/10/××(木) 08:24:31
>>190 伊美山じゃなくて、木島征士@通り魔の呪いでは

193 名前: 名無しさん 2008/10/××(木) 09:10:42
テラヤバス(((;ﾟДﾟ)))

書きこみはすでに削除されたようで、キャッシュでしか読めないが、それだけに信憑性《しんぴょう》を感じる。

伊美山で自殺した大学生は、海老原《えびはら》と首藤《しゅとう》という名字らしい。さらに文脈からすると、木島征士《きじませいじ》というのが少年Aかもしれない。

耕介は急に勢いづいて、ふたたび卒業アルバムに眼を通した。

海老原と首藤という名前は三組にあった。

海老原淳也《じゅんや》と首藤直之《なおゆき》である。

念のためにほかのクラスも調べてみたが、おなじ名字はなかったから、このふたりが自殺したと考えていいだろう。

しかし木島征士という名前は、どこにも見あたらない。木島が少年Aならば、卒業アルバムに載っているはずなのに、どうして名前がないのか。

いずれにせよ、立花勇貴とは結びつかないが、ひっかかるものがある。

自殺したふたりがいた三組の誰かに、なにか理由をつけて、木島のことを訊《き》けないか。

しかし個人情報の保護という理由からか、卒業アルバムには住所も連絡先もない。

耕介はケータイをだして、弟に電話した。

「ちょっと訊きたいんだけど、この卒業アルバムは誰のかな」

「誰のって、友だちの兄貴のだよ」

「最近、大学生がふたり、伊美山で自殺しただろ」

「ああ、テレビで観たよ」

「ふたりは大成中学の同級生だったんだ。たぶん海老原淳也と首藤直之って名前だ。しかも大学二年ってことは、四年前に大成中学を卒業してる」

「だからなに」

「その友だちの兄貴とおなじ学年だろ。もしかしたら、おなじクラスかもしれない。事件のことでなにか知らないかな」

「それをまた、おれに訊けっていうの」

「もうひとつ訊いて欲しいんだ。木島征士って名前を知らないかって」

「いったい、なにを調べてるんだよ」

「まあ、そのうちいうよ」

耕二は溜息《ためいき》をついて、

「マジでお年玉半分もらうからね」

八

　十一月になった。

　文化祭は月末だから、部誌の刊行まで、あとひと月もない。

　装丁や製本の時間を考えると、そろそろ各自の原稿について、話しあいたい時期である。前回のように、ただ作品を本にまとめただけでは、質の向上は望めない。合評会でもおこなって、みんなの意見を聞きながら、作品に磨きをかけるべきだと思う。

　けれども部員たちは、あいかわらず書いている様子がない。

　その日も翔太に進行状況を訊くと、

「ぜーんぜん」

　平気な顔でかぶりを振った。

「鬼屋敷のおっさんから、いろいろいわれたから、かえってややこしくなってさあ」

「なんでひとのせいにするの。とりあえず書かなきゃ、はじまらないじゃない」

「だいたいさあ。小説なんて、書いてて楽しくないんだよね」

「だったら、なんで文芸部に入ったのよ」

「それは、つきあいっていうか。よくわかんねえよ。そういう自分は書いてて楽しいの」

「まあ、そんなに楽しい作業じゃないけど」

「やっぱり、楽しくないんだ」

「でも、簡単にできないから、やってみる価値があるんじゃないの」

「でました。前向きな発言」

「冷やかさないで」

「だって、できないことを無理にやるのは時間のむだだろ」

「なんで、無理って決めつけるの。いったん書くっていったんだから、書きなさいよ。それがいやなら――」

　美咲はあとを続ける気力が失《う》せて、溜息をついた。

「あれ、やめろっていわないの」

「もういいから。とにかく原稿を書いて」

　美咲自身も原稿が進まないせいで、いまひとつ強気になれない。

　作品自体で悩んでいるのもあるが、ほかにも気になることがある。

　このところ、佐々木恵の自殺は、玄田道生の祟《たた》りだという噂が校内に広がっている。

　噂が広まったのは、彩乃の家でテーブルターニングをしたあとだから、あのときのことがきっかけらしい。

　美咲はほとんど口外していないが、里奈はあちこちで喋《しゃべ》っている。

「あんまりいわないほうがいいよ。恵ちゃんが自殺した理由は、ほかにあるかもしれないんだし」

と美咲がさとしても、里奈はおすそわけだという。

「だって、あんな怖いことがあったのに、あたしたちだけで抱えとくのはいやだもん」

「気持はわかるけど、誰かが興味本位で伊美山にいったら困るじゃない」

「マジで怖いって思わせたら、誰もいかないって」

「だめだってば。彩乃ちゃんも噂が広がるのを心配してたんだから」

あれ以来、彩乃とは親しく話をするようになった。

彩乃は霊的なものが見えるというわりに、そういう方面には慎重なようで、テーブルターニングの結果を鵜呑《うの》みにはしていないようだった。

「こんなに噂になるとは思わなかったから——」

と彩乃はうつむいて、

「わたしがよけいなことをしたかもしれません」

「よけいなことじゃないよ。恵ちゃんが自殺した理由を知りたいのは、あたしもおなじだし。ただテーブルターニングは自己暗示の可能性もあるらしいよ」

美咲が鬼屋敷から聞いた話をすると、

「彼にも、そんなのは迷信だよっていわれました」

「彼って、勇貴くんのことよね」

ええ、と彩乃は頬を赤らめて、

「でも心配なんです。最近は伊美山にも見回りにいってるし」

「やめたほうがいいかも。玄田の祟りとかはべつにして、あそこで自殺が続いてるのはたしかだし」

「わたしもいったんですけど、また自殺者がでると大変だからってきかないんです」

「じゃあ、勇貴くんにいっといて。伊美山にいっても、病院の廃墟《はいきょ》には近づかないでって」

彩乃は不安げな顔でうなずいた。

放課後、美咲はひとりで教室をでた。

いつもは家が近所だから、翔太と一緒に帰る。

しかし翔太は友だちと遊びにいくといって、先に帰った。

翔太には腹の立つことも多いが、いないならいないで、なんとなく落ちつかない。

「どっちにしても、むかつくのよね」

と美咲は胸のなかでつぶやいた。

校門をでようとしたとき、背後から視線を感じた。

振りかえったが、誰もいない。

黄昏《たそがれ》どきのせいか、校舎のむこうに伊美山が異様に大きく見える。

黒い巨人がうずくまっているようで、思わず肩をすくめた。

あの山で、恵が自殺した理由はなんなのか。

彼女の死に、玄田が関係しているのか。

どうにかして真相を知りたいが、鬼屋敷からはまだ連絡がない。

もっとも、霊能者を紹介してもらったところで、鬼屋敷がいったとおり、その人物が本物かどうかはわからない。

そもそも美咲自身が、みずからの感覚を疑っている。

霊的なものが見えるというのは、医学的には馬鹿げた話だろう。病院にいけば、脳や神経に欠陥があると診断されるかもしれない。

けれども、七月に起きた事件のときは、自分の感覚を頼りにしたし、それで窮地を救われたようにも思える。

事件のことを考えていると、いつものように、なにか大切なことを忘れているような気がしはじめた。それがなにかはわからないが、思いだそうとするだけで汗がにじみ、鼓動が速くなる。

それ以上考えなければ、まもなく正常にもどるのはわかっている。

思いだせないなにかは、おぼろげな夢のように意識のなかを遠ざかっていく。

しかし、きょうは、もうひと押しで記憶が蘇《よみがえ》りそうな気がする。

脳裏をよぎったのは、ひとまず事件が解決したあとの光景だった。

玄田の霊は伊美山の廃病院に封印したはずだったが、隼人に殺害予告の電話がかかってきた。

美咲は刑事の中牟礼に電話して、駅前で合流した。翔太と里奈と隼人が一緒である。

まだ陽は高いが、駅前はすでに祭りの見物客でごったがえしていた。

中牟礼がひとごみをわけて近づいてくると、

「アイスクリームくらいはおごるよ」

露店のほうへ手招きした。

四人は歓声をあげて、中牟礼のあとをついていった。

駅前の広場にならんだ色とりどりの露店から、焼そばや焼いか、焼とうもろこしにお好み焼といった香ばしい匂いが漂ってくる、

「ああ、いい匂い――」

「こんな匂い嗅《か》いだら、腹が減ってしょうがねえよ」

里奈と翔太が口々にいった。

「マジで旨《うま》そうな匂いだなあ」

と隼人も不安げな顔をほころばせた。

「――変だな」

中牟礼が鼻をこすりながら、首をかしげた。

美咲は眼をしばたたいて、

「なにが変なんですか」

「焼そばも焼いかも、なんにも匂いがしない」

中牟礼がそういったとき、美咲の首筋が、すうッ、と冷たくなった。

玄田道生は生前、嗅覚《きゅうかく》がなかった。そのせいか、玄田に憑依《ひょうい》された者は嗅覚を失う。

しかし中牟礼に玄田が憑依していると思った理由は、それだけではない。

中牟礼に、はっきりと異様な気配を感じたのだ。

といって、危惧《きぐ》したようなことは、なにも起こらなかった。

「いったい、なにを忘れているんだろう」

失われた記憶を取りもどそうと意識を集中したとき、くらくらとめまいがした。

学校の塀にもたれかかったが、足元がふらついて、地面にしゃがみこんだ。

「――思いだしてはいけない」

意識のどこかで、誰かが警告している。

「なにを思いだしてはいけないの」

美咲はそう自分に問いかえしたが、返事はない。

冷たい汗が全身に噴きだして、鼓動が一段と烈しくなった。

不意に意識が遠のいて、軀《からだ》が前にのめった。

その瞬間、誰かの手が肩をつかんだ。


「大丈夫？」

女の声に、うつむいたままうなずいた。まだ意識が朦朧《もうろう》としている。

しばらくその姿勢でいたら、しだいに気分がよくなった。

顔をあげると、女が横にいた。

二十代の後半くらいに見えるが、学校の関係者ではなさそうだった。

もうじき夜だというのに濃いサングラスをかけて、細身の黒いスーツを着ている。

「もう平気です。ありがとうございました」

美咲はそういって、立ちあがった。とたんによろめいて、女に抱きかかえられた。

「何度もすみません。今度こそ大丈夫ですから」

美咲は照れくさい思いで頭をさげたが、女は立ち去る様子がない。

「あの、なにか」

美咲がとまどっていると、女は微笑して、

「あなたが、美咲ちゃんね」

「――どうして、それを」

女は質問には答えず、

「玄田道生のことが知りたいんでしょう」

その台詞《せりふ》で、ようやく女が何者かわかった。鬼屋敷が頼みをきいてくれたのだ。

「あなたが霊能者の――」

そう切りだすと、女はまた微笑を浮かべて、

「樹坂磨宮《みきさかまみや》っていうの」

いじめパトロールのあと、耕介は勇貴と哲平の三人で職員室にいった。

職員室へいくのは、なにかあったときだけでいいと思うが、体育館の裏にパンの袋が散らばっていたとか、三年の男子トイレが煙草臭かったとか、勇貴はいちいち報告をする。

そのせいで、いじめパトロールが早めに終わっても、なかなか帰れない。

勇貴はきょうも、教師たちと楽しげに喋《しゃべ》っている。勇貴のうしろには、忠実な部下といった感じで哲平が立っている。

就職の経験はないが、サービス残業というのは、恐らくこんな感じだろう。

耕介は職員室の入口で、話が終わるのを待っていた。

弟の耕二からは、二日前に連絡があった。

友だちの兄に確認すると、伊美山で自殺したのは、やはり海老原淳也と首藤直之だったという。

「でもクラスがちがったから、面識はないみたい」

「わかった。それで木島征士はどうだった」

「友だちの兄貴と、おなじクラスだったって。大成中学の汚点だって有名らしいよ。木島は連続通り魔事件の――」

「犯人だろ」

「なんだ、知ってたの」

「やっぱり、木島は大成中学にいたんだ」

「でも中二のときに暴力事件を起こして、転校したってさ」

どうりで卒業アルバムに名前がないはずだ。しかし木島は大成中学に在籍していた。

しかも伊美山で自殺した海老原淳也と首藤直之とは同級生だった。

自分の推理が的中したことに耕介は興奮した。

「木島がどこへ転校したか、わからないかな」

「そこまでは知らねえよ」

「じ、じゃあ」

と耕介は声をうわずらせて、

「その友だちの兄貴は、木島の写真は持ってないかな。クラスで一緒に写ったのとか」

「もうかんべんしてくれよ。むこうも、いったいなにやってんだって、うざったがってるよ」

「頼む。これが最後だから」

耕二は溜息《ためいき》をついて電話を切った。

あれから連絡はないが、さすがに弟も協力する気が失《う》せたかもしれない。

勇貴は、まだ教師たちと喋っている。

文化祭の話題で盛りあがっているから、話は当分終わりそうにない。いっそ先に帰ろうかと思うが、勇貴の機嫌を損ねるのも厭《いや》だった。

ふとポケットのなかで、ケータイが震えた。

ちらりとケータイを見たら、耕二からメールがきている。

耕介はこっそり職員室をでた。

メールを開くと、お年玉ぜんぶもらう、という文章の下に画像があった。

制服姿の学生が何人も写っているから、集合写真の一部らしい。

ひとりの男子生徒にマーカーで矢印がしてあって、木島征士と書かれている。

その顔を見た瞬間、背筋が凍った。

木島征士の顔は、立花勇貴と瓜ふたつだった。

いまの勇貴よりはだいぶ幼いが、もはや他人の空似という次元ではない。

氏名は異なるものの、木島征士は立花勇貴と同一人物としか考えられなかった。

つまり連続通り魔事件の犯人——少年Aは、立花勇貴ということになる。

写真のなかで、勇貴は微笑している。

その眼が異様な光をたたえているようで、ケータイを持つ手に鳥肌が立った。

思わずメールを閉じようとしたとき、

「なにを見てるの」

耕介の肩越しに、いつのまにか勇貴が首を伸ばしていた。

「わッ」

と耕介は叫んで、ケータイをポケットに突っこんだ。

心臓がばくばくして、息が苦しい。

勇貴は、さっきの写真とおなじ微笑を浮かべて、

「どうしたの。なにかやばいものでも見てたの」

「ううん、なんでもない」

と笑顔をかえそうとしたが、顔の筋肉がひきつっている。

「わかった。エロ画像でも見てたんだろ」

「そ、そんなとこだよ」

「まあ、たまには息抜きも必要だよね」

あはは、と勇貴は笑ったが、眼は笑っていなかった。

美咲は、樹坂磨宮と名乗る女と校庭のベンチにかけた。

これまでのいきさつを説明したあと、玄田の霊がどんな状況にあるのかを訊《き》いた。

「まだ病院の地下室にいるのか。それとも、どこかべつの場所にいるのかが知りたいんです」

磨宮はうなずいて、伊美山のほうへサングラスに隠された眼をむけた。

彼女の横顔を見ていると、前にも逢《あ》ったような気がしはじめた。

樹坂磨宮とは、はじめて聞く名前だが、いったいどこで逢ったのか。

記憶をたどっていると、磨宮がこちらをむいて、

「玄田は、あの病院の地下室にいるわ。封印は不完全だけど、解けてはいない」

「じゃあ、恵ちゃん――佐々木恵ちゃんや、大学生の自殺とは関係ないんですか」

「そう。玄田は憑巫《よりまし》がいないと動けない」

「憑巫って？」

「自分の軀《からだ》に神霊をおろす者のことよ。玄田の場合は、憑依《ひょうい》する対象というべきだけど」

「じゃあ、誰かが封印を破って、病院の地下室に入ったら――」

「もちろん、憑依される恐れがあるわね」

やはり、勇貴たちが伊美山の見回りをするのは危険だ。

なにかの拍子に、廃病院の地下室へ入る可能性は充分にある。

むろん磨宮の見解が正しいとは限らないが、彼女は信頼できるように思えた。あるいは彼女に既視感をおぼえたせいかもしれない。

「あの、前にどこかでお逢いしましたか」

恐る恐る訊くと、磨宮は首を横に振って、

「はじめてよ。でも、あなたのような子の気持はよくわかるの」

「どうしてですか」

「あたしも、あなたとおなじ体質だから」

「おなじ体質って――」

「あなたには、この世のものではないものが見えるでしょう。べつに修行をしたわけでもないのに、玄田を封印できたのは、そのせいよ」

「たしかに、ときどき変なものは見えますけど」

「見えるというのは欠陥かもしれない。でも欠陥はひとつ方向を変えれば、能力になるの」

「能力？」

「あなたは自分の能力を活かしていないわ。むしろ邪魔に思ってる」

「そうかもしれません」

「あなたのなかには、もっとたくさんの能力が眠っている。眼をそらさずに正面から向きあえば、それをひきだせるはずよ」

「でも、あたしはふつうでいいんです。この世でないものを見る能力なんていりません」

「あなたがいらなくても、世の中にはそれを必要としているひとがいるわ」

「──えッ」

「あなたの能力は、あなたのためじゃなくて、ひとのために使いなさいってこと」

じゃあ、と磨宮はベンチから腰をあげた。美咲はあわてて、

「ちょっと待ってください。もうひとつ訊きたいことがあるんです」

「なに？」

「佐々木恵ちゃんが自殺した理由を知りたいんです」

「いまの話の意味がわかってないようね」

と磨宮は苦笑して、

「その子は自殺したんじゃない。ほかのふたりもおなじね」

「ほかのふたりって、伊美山で亡くなった大学生ですよね。それも自殺じゃないってことは——」

「あなたの想像どおりよ。あとは自分で考えなさい」

磨宮はそういって、踵《きびす》をかえした。

美咲はベンチに座ったまま、しばらく放心していた。

佐々木恵と、ふたりの大学生が自殺ではないというのは衝撃的だった。それが事実なら、三人は誰かに殺されたことになる。

恵が殺されたのなら、なんとかして犯人を暴きたい。

警察に相談できればいいものの、恵の死はすでに自殺で片づけられている。証拠もないのに他殺だといったところで相手にされないだろう。

それにしても、いったい誰が、なんのために三人を殺したのか。

あとは自分で考えろと磨宮はいったが、まったく見当がつかない。

あるいは、こういうときに自分の能力を活かせという意味だろうか。しかし磨宮のように伊美山を一瞥《いちべつ》しただけで、玄田の状況を見抜くような能力はない。

「あたしに、どうしろっていうの」

頭を抱えてうつむいていると、

「美咲ちゃん」

不意に声をかけられて、ぎくりとした。

顔をあげると、ベンチの横に勇貴が立っていた。哲平と耕介も一緒である。

「こんなとこで、なにやってるの」

「ちょっと、考えごと」

「もう遅いから、帰ったほうがいいよ」

うん、と美咲はいって、

「勇貴くんたちは？」

「もう帰るよ。いじめパトロールも終わったし」

「毎日、こんな時間まで大変よね」

「たしかに面倒だけどね。誰かがやらないと、またいじめが起きるかもしれないし」

「でも勇貴くんたちにまかせっきりっていうのも――」

と美咲はいいかけて、

「あ、ところで伊美山の見回りにはいってるの」

「最近はいってないけど、またいこうとは思ってるよ」

「ほんとは伊美山にいかないほうがいいと思うけど、もしいくんなら、病院の廃墟《はいきょ》には入らないでね」

「あの心霊スポットだろ。連続殺人鬼の霊がでるっていう」

美咲はうなずいた。

「なんで入っちゃいけないの。まさか霊に取り憑《つ》かれるとかいうんじゃないだろうね」

図星をつかれて、かえす言葉がでない。勇貴は見透かしたように笑って、

「美咲ちゃんも、玄田なんとかってやつの祟《たた》りを信じてるの」

「まあ、うまく説明できないけど――」

「平気平気。霊なんているはずないって」

「彩乃ちゃんも心配してたよ。伊美山にはいかないで欲しいって」

「あいつも美咲ちゃんとおなじで迷信深いんだ。伊美山でたまたま自殺が続いたからって、霊だの祟りだのっていうのは非科学的だよ」

「でも自殺が偶然じゃなかったら？」

「それって、どういう意味かな」

勇貴は眉間《みけん》に皺《しわ》を寄せたが、まもなく笑顔にもどって、

「もしかして、誰かに殺されたってこと？」

「そういう可能性もあるんじゃないかと思って」

「恵ちゃんが自殺したときも、そんなことをいってたよね。今度は、前に自殺したふたりも、誰かに殺されたっていうの」

「恵ちゃんが殺されたんなら、おれが犯人を捕まえてやるよ。しかし美咲ちゃんは、どんなやつが犯人だって思うの」

「わからない。でも恵ちゃんと、ふたりの大学生を殺したのがおなじ犯人なら、三人になにか共通するものがあるんじゃないかな」

「さすが文芸部。想像力がちがうなあ。なあ、そう思うだろ」

勇貴はそういって、哲平と耕介を振りかえった。

ふたりに眼をやると、耕介がなにかいいたげな表情で、こちらを見ていた。いつにもまして顔色が悪いが、なにかあったのか。

声をかけるべきか迷っていると、

「美咲ちゃん、またね」

と勇貴は手を振って、歩きだした。耕介は眼を伏せて、勇貴のあとに続いた。

その夜、耕介は眠れなかった。

連続通り魔事件の犯人——木島征士は、立花勇貴だという確信がある。

過去に三人もの人間を死傷させた人物がごく身近にいると思うと、なんともいえず恐ろしい。もっとも、きちんと罪を償ったのなら、過去を咎《とが》めるのはよくないだろう。

けれども、あれだけの事件を起こしていながら、なぜ短期間で社会に復帰できたのか。

勇貴が犯人ならば、事件当時は十五歳の高校一年生だから、もう十九歳になっているはずだ。

しかし、勇貴はいま高校二年生である。

ということは、二年のブランクがある。その期間に、どこかの施設に収容されていたのかもしれないが、殺人を犯したにしてはブランクが短すぎる。

ほかにも疑問はある。

勇貴は、どうやって氏名を変えたのか。

親が離婚したり、養子にいったりすれば、姓が変わるのは知っているが、名前まで変えることができるのだろうか。

さらに、伊美山で自殺した海老原淳也と首藤直之とは、どういう関係だったのか。

彼らと勇貴は大成中学の同級生だった。弟に聞いたところでは、木島征士――つまり勇貴は中学二年のときに、暴力事件を起こして転校したという。

勇貴が大成中学にいたのはその時期までだが、勇貴がのちに連続通り魔事件を起こしたのを同級生たちは知っている。だから大成中学の汚点とまでいわれているのだ。

したがって、自殺した海老原と首藤も、勇貴の過去を知っていたにちがいない。

もしふたりがなにかの事情で、勇貴の現在を知ったらどうなるだろう。

連続通り魔事件を起こした木島征士が名前を変えて、不知火高校に通っていると知ったら——。

ふつうの学生なら黙って見すごすか、内輪で噂にするのがせいぜいだろう。

けれどもネットの書きこみを見る限り、海老原と首藤は札付きのワルで、恐喝までやっていたらしい。そんな連中が勇貴の過去を知ったら、放ってはおかないような気がする。

勇貴は勇貴で、自分の過去を知る者を快く思うはずがない。

おぞましい過去を口外されれば、模範的な優等生で学校の人気者という立場は一挙に崩れ去る。

いまの立場を守るためには、過去を知る者の口をふさぐしかないが、誰にもいうなとおどしたくらいでは安心できない。いつか誰かに秘密を洩《も》らすのではないかと不安が残る。

完璧《かんぺき》に口をふさぐには、過去を知る人物を永遠に黙らせることだ。

「つまり、その人物を——」

そう考えたところで、背筋が冷たくなった。

自分の想像があたっているかどうかはべつにして、これまでに得た情報をひとりで抱えているのは苦しくてたまらない。誰かに相談したいが、両親は論外だし、親しい友人もいない。弟にまた面倒をかけるのも厭《いや》だった。

誰に相談すればいいのか考えていると、美咲の顔が浮かんだ。

きょうの放課後に逢《あ》ったとき、美咲はどういう根拠があってか、佐々木恵や海老原たちは誰かに殺されたといっていた。

あるいは、彼女もなにか情報を持っているのかもしれない。

美咲とはほとんど喋《しゃべ》ったことがないから、声をかけるのは緊張するし、彼女が信頼できるかどうかもわからない。

いっそ、このまま黙っていようかとも思うが、そうすれば無事にすむとは限らない。

自分が過去を知っているのを、勇貴はうすうす勘づいているような気がする。

もしそうだとしたら、迷っている場合ではない。

耕介はノートを広げて、いままでに集めた情報を整理した。

九

翌日、耕介は休み時間のたびに教室をでて、美咲の様子を窺《うかが》った。

けれども美咲はいつも誰かと一緒にいて、ひとりになるときがない。声をかけるタイミングを見つけられないまま、放課後になった。

耕介はホームルームが終わったとたん、大急ぎで美咲がいる一組の教室にいった。廊下の窓から教室を窺うと、美咲は机の上を片づけていた。

「あの、美咲さん」

と耕介は小声でいった。美咲は眼をしばたたいて、

「どうしたの」

「——あ、あの」

と耕介は舌をもつれさせて、

「話があるんです」

「話って」

「こ、ここじゃいえないんです」

美咲は首をかしげて廊下にでてきた。耕介は手招きをして、歩きだした。

耕介は、階段の下のひと目につかない場所で足を止めて、

「きのう美咲さんは、三人は誰かに殺されたっていいましたよね」

「えッ」

「す、すみません。佐々木恵さんと、ふたりの大学生が自殺した件で」

「ああ、そのことね」

「ぼ、ぼくも美咲さんとおなじ考えなんです。実は——」

耕介は、落ちつきなくあたりを見まわしながら、ゆうべ情報を整理したノートを広げた。

これまでに知り得たことを説明するにつれ、美咲は眼を見開いた。

はじめは信じていない様子だったが、ケータイの顔写真を見せると、美咲の顔色が変わった。

「たしかに勇貴くんだと思うけど、どうやって名前を変えたんだろ。それに殺人事件を起こしているのに、簡単に社会へもどれるの」

「ぼくもそこがわからないんです。でも、勇貴くんが犯人なのはまちがいありません」

「勇貴くんがそんなひとだったなんて——」

「それだけじゃないんです。伊美山で自殺した大学生——海老原淳也と首藤直之は、勇貴くんの同級生だったんです」

耕介はふたたびノートを広げて、三人の関係を説明した。

美咲は大きな溜息《ためいき》をついて、

「過去に事件を起こしてるからって、安易に疑うのはよくないけど、ふたりの自殺と勇貴くんはなにか関係がありそうね」

「ええ」

「佐々木恵ちゃんの自殺についてはどう。勇貴くんと関係があるの」

「わかりません。ふたりとも生徒会だから、それなりにつきあいはあったと思いますけど」

「了解。ところで耕介くんは、いまの話を誰かに喋った?」

「いいえ」

「このことは、誰にもいわないほうがいいと思う。あたしは恵ちゃんのことを調べてみるから、勇貴くんのことで、なにかわかったら教えて」

美咲とケータイの番号を教えあったとき、

「なんだ、ここにいたのか」

と声がした。勇貴が廊下を走ってくるのを見て、心臓が縮んだ。

「捜したんだよ。そろそろ、いじめパトロールへいかなきゃ」

耕介は仕方なくうなずいた。

「なにを熱心に話してたの」

勇貴は微笑しながら、美咲に訊《き》いた。美咲は一瞬、狼狽《ろうばい》したように見えたが、

「うちの部誌に、なにか書かないかって誘ってたの」

「へえ、塾通いで忙しいのに文章も書くんだ」

勇貴は探るような眼で、耕介を見た。返事に詰まっていると、美咲がすかさず、

「原稿が足りないから、いろんなひとに声かけてるの。よかったら、勇貴くんも――」

「ああ、考えとくよ。じゃあ、いこうか」

勇貴に袖《そで》をひかれて、耕介は歩きだした。

美咲が不安げな眼で、こちらを見送っている。

勇貴はしばらく黙っていたが、ふと思いついたように足を止めて、

「急で悪いけど、きょうは伊美山へいくからね」

「えッ」

「大丈夫だよ。すぐに終わるから」

勇貴は耕介の肩に手をまわして、歩くよううながした。

十

翌日、美咲は同級生たちに声をかけて、佐々木恵の情報を集めた。

恵はなにかで悩んでいなかったか。

誰かとトラブルになっている様子はなかったか。

自殺する前に、不審な言動はなかったか。

それとなく質問してみたものの、目新しい情報はなかった。

恵の死に、勇貴が関わっているのかどうかわからない。

けれども勇貴が通り魔事件の犯人なのは事実のようだし、自殺した大学生がふたりとも中学の同級生だったのは偶然とは思えない。

恵の情報を集める途中で、彩乃にも逢ったが、さすがにそのことはいえなかった。

ただ、樹坂磨宮の意見は伝えておきたかった。

「このあいだ霊能者のひとに見てもらったんだけど――」

恵の自殺と玄田道生は無関係らしいというと、彩乃はすなおにうなずいて、

「あのときテーブルターニングで呼んだのは、恵ちゃんの霊じゃなかったのかもしれませんね」

「でも恵ちゃんが、ただの自殺じゃないっていうのは、霊能者のひともおなじ意見だったの」

「じゃあ、恵ちゃんを殺したのは霊じゃなくて、人間なんですか」

「だと思う」

「いったい誰がそんなことを」

「わからない。それを調べようと思って、みんなに話を訊いてるの」

「わたしに手伝えることがあったら、なんでもいってください」

「――ありがとう」

なにも知らない彩乃を見ていると、胸が苦しくなった。

まさか自分の彼氏が過去に殺人事件を犯していたとは夢にも思わないだろう。

「勇貴くんとは、うまくいってるんでしょう」

別れ際に、努めてさりげない口調で訊いた。

てっきり肯定的な返事がかえってくると思っていたが、

「それが最近いらいらしてるみたいで、機嫌が悪いんです」

「なんで、いらいらしてるんだろ」

「わからないんです。美咲さん、なにか知りませんか」

「さあ、きのう廊下で逢《あ》ったけど、特に変わった様子は――」

美咲は歯切れ悪くいった。彩乃は顔を曇らせて、

「勇貴さんは、わたしに隠しごとがあるような気がするんです」

「どうして、そう思うの」

「みんなといるときは、いつも明るいのに、ふたりっきりになると、別人みたいになるときがあって――」

美咲は思わず身を乗りだして、

「別人みたいって、どんなふうに」

「すごく表情が暗くなって、ちょっとしたことで怒るんです」

「まさか暴力をふるったりしないよね」

「ええ。でも勇貴さんのことが心配です。それこそ、霊でも取り憑《つ》いているんじゃないかって」

よほど勇貴の過去を話そうかと思ったが、真相があきらかになるまでは、無責任な発言はできない。いま打ち明けても彩乃が苦しむだけだし、彩乃から勇貴に話が伝わるかもしれない。そうなれば、耕介にも迷惑がかかる。

「困ったことがあったら、いつでも相談に乗るから」

彩乃には、それだけしかいえなかった。

彼女と別れたあと、耕介を捜した。しかし、どこにも姿がない。

顔見知りの同級生に訊くと、体調が悪いといって、登校してまもなく早退したという。

耕介のケータイに電話したが、電源が入っていないようで、つながらない。

きのう放課後に逢ったときは、特に体調が悪そうな感じはなかった。ただ、勇貴と一緒に去っていくときの顔はおびえているように見えた。

あれから、なにかあったのではないか。そんな不安に駆られて、勇貴に声をかけたが、

「ぼくも早退したなんて、知らなかったんだよ」

と首を横に振った。その表情には、まったく動じた様子がない。

ふと、勇貴はほんとうに通り魔事件の犯人なのかと疑問が湧いた。といって、耕介が嘘をついているとも思えなかった。

放課後、ホームルームが終わって教室をでようとしたとき、鞄《かばん》のなかでケータイが震えた。ディスプレイを見ると、耕介からの電話だった。

美咲は急いで通話ボタンを押した。

「勇貴くんの件で、新しいことがわかったんです」

と耕介はうわずった声でいった。

耕介は学校を早退してから、ずっとあることを調べていたという。

「あることって、なんなの」

「見せたいものもあるんで、電話だと——」

「いま、どこにいるの」

「学校の裏門です」

「わかった。すぐにいくから待ってて」

美咲は電話を切って、教室をでた。

一緒に帰るはずの翔太と里奈が不審そうにこちらを見たが、

「ごめん。ちょっと急用」

片手を振って駆けだした。ふたりには、まだ話せる状況ではない。

美咲は大急ぎで裏門にいったが、どういうわけか耕介はいなかった。

正門とちがって、裏門のあたりは暗くひと気がない。ちいさな鉄の門は塗料が剝《は》げて、あちこちに錆《さび》が浮いている。そのむこうに、ちらりと人影が見えた。

「——耕介くん」

と声をかけたが、ひとちがいのようで返事はなかった。

待ちあわせの場所を聞きまちがえたとは思えないものの、確認したほうがよさそうだった。

鞄からケータイをだそうとしたとき、いきなり背後から羽交い締めにされた。

「ちょっと、やめてッ」

美咲が叫ぶと、大きなてのひらが口をふさいだ。相手はいったい誰なのか。うしろを見ようと首をねじった瞬間、腕にちくりと痛みが走った。自分を羽交い締めにしているのとはべつの手が、注射器を突きたてている。

美咲は口を押さえられたまま悲鳴をあげたが、まもなく意識が遠くなった。


濁った沼の底から浮かびあがるように、ゆっくりと意識が蘇《よみがえ》った。

土と枯葉の匂いとともに、軽い頭痛がした。目蓋《まぶた》を開けると、あたりは薄暗かった。

美咲は、湿った土の上に横たわっていた。

誰かに襲われて、得体の知れない注射をされたのは記憶にある。

しかし意識は朦朧《もうろう》として、ここがどこなのか、どのくらい経ったのかわからない。

ひとまず起きあがろうとしたが、両手が動かない。いつのまにか、うしろ手に縛られている。ねばねばした感触からすると、ガムテープらしい。

とっさに頭をもたげると、黒いＲＶ車が停まっていて、その横に哲平が立っていた。

「お目覚めのようだね」

まぶしい光に、思わず顔をそむけた。

勇貴が懐中電灯を手にして、こちらを覗《のぞ》きこんでいる。もう一方の手には、ビールの小瓶が握られている。美咲はぎょっとして、

「いったい、どういうことなの」

「すぐにわかるさ。まあ起きろよ」

勇貴は懐中電灯を地面に置いて、乱暴に美咲の腕をひいた。

軀《からだ》を起こすと、あたりは深い森だった。

街並のむこうに夕陽が沈みかけている。その景色には見覚えがあった。

「——ここは、もしかして」

「伊美山だよ」

と勇貴はいって、ビールの小瓶をらっぱ呑《の》みした。

学校にいるときとは別人のように、大人びた顔だった。

「あたしを車でここまで運んだの」

「ああ。もうちょっとスタイルがいいかと思ったら、けっこう重かったぜ。こいつに手伝ってもらって助かったよ」

勇貴は嗤《わら》って、背後を振りかえった。

とたんに息を呑んだ。勇貴のうしろに隠れるようにして、耕介が立っていた。

「耕介くん、どうなってるの」

美咲は叫んだが、耕介はうつむいて答えない。

「おれが説明してやるよ。おまえは、よけいなことを知ってしまった。それだけさ」

「やっぱり、勇貴くんが——あんたが通り魔事件の犯人だったのね」

「だからどうした。おれは事件のあとは、まじめに暮らしてたんだ。それをこのバカがあれこれ詮索《せんさく》しやがって」

勇貴は耕介に顎《あご》をしゃくって、

「もっとも、こいつは改心したそうだから、まだ生かしといてやる。でも、おまえはべつだ」

「あたしを、どうするつもりなの」

「どうもしない。おまえは、いまから自分で首を吊《つ》るんだ。また伊美山で女子高生が自殺って、ワイドショーが騒いでくれるぜ」

勇貴は、美咲の背後を指さして、

「ほら、もう用意はできてる」

太い木の枝に、輪になったロープがふたつさがっている。ロープの下には踏台に使うらしい丸椅子がある。

「冗談じゃないわ。自殺なんかするもんですか」

「ところが、するようになるんだよ。おい耕介ッ」

耕介に肩を抱かれるようにして、彩乃が車からおりてきた。

美咲とおなじように、彼女も両手を縛られている。

「――美咲ちゃん」

彩乃は涙で濡《ぬ》れた顔でつぶやいた。

「おまえのせいで、こいつもおれを勘ぐりだしやがった」

「ちがうわ。彩乃ちゃんには、なにも喋《しゃべ》ってない」

「おまえもこいつも信用できねえよ。だから、ふたりとも自殺してもらう」

勇貴は声を荒らげると、ビール瓶を車のボディに叩《たた》きつけた。

烈しい音をたてて瓶が砕けた瞬間、破片が顔をかすめて、ちくりと頬に痛みが走った。

のけぞって地面に手をつくと、鋭いものが指先に触れた。

ビール瓶の破片だった。

美咲は、その三角形の破片をそっと握りこんだ。

顔をあげると、哲平が眼の前に立っていて、どきりとした。

哲平は無表情でペンとノートを差しだした。

「その紙に遺書を書け」

と勇貴がいった。

「簡単でいいんだ。生きているのがいやになりました。さようなら。これだけでいい」

美咲はかぶりを振った。

「彩乃は、もう書いたぜ」

「いやよ。絶対に書かない」

「じゃあ、こうしたらどうよ」

勇貴は、先端がギザギザになったビール瓶で、彩乃の頬をなぞった。

「こいつでザクッてやると、傷口は縫えねえらしいぞ。どうせ死ぬにしても、きれいな顔で死にてえだろ」

「やめてッ」

「なら、早くしろよ。彩乃に怨《うら》まれるぜ」

「美咲ちゃん。わたしのことはいいから、ひとりで逃げて」

「黙ってろ」

勇貴が彩乃の頭を殴りつけた。

「こうなったら、おまえが先だ。おい美咲、こいつが死ぬのをじっくり見てな」

勇貴は、彩乃をロープの下にひきずっていく。

「わかった」

と美咲はいって、うしろ手に縛られた両手を上下した。

「遺書を書くから、これをはずして」

哲平がガムテープを剝がすと、両手が自由になった。

できることなら、このまま逃げだしたいが、彩乃を見捨てるわけにはいかない。

美咲はビール瓶の破片を手のなかに隠したまま、勇貴がいったとおりの文句をノートに書いた。

哲平はそれを持って、勇貴のところへいった。

勇貴はノートを読むと、満足げにうなずいて、

「よし。これで準備はできたな。そいつを台の上に立たせろ」

哲平が肩をつかもうとするのを振り払って、

「触らないで。自分でやるから」

美咲は、みずから進んで丸椅子の上に立った。

「その調子だ。次はロープのなかに首を入れろ」

と勇貴がいった。ビール瓶を彩乃の顔に突きつけている。

美咲は恐る恐るロープに手を伸ばした。

荷造りに使うような麻縄で、丈夫そうだが、それほど太くはない。美咲はロープに首を入れながら、ビール瓶の破片をロープに喰《く》いこませた。繊維が裂ける感触が指先に伝わってくる。

美咲は一瞬のうちに、めまぐるしく考えを巡らした。

とりあえずロープを切ろうと思ったが、それだけでは逃げられない。

首を吊る前にロープを切ってしまえば、たちまち取り押さえられて、せっかく自由にな

った両手も縛られてしまうだろう。

ロープに深く切れこみを入れておけば、首を吊ってもロープが切れて、軀は下に落ちる。

しかし、そのあとどうすればいいのか。

ロープが切れたとたん、勇貴と哲平が襲ってくるにちがいないが、腕力でかなうはずがない。

「なにをもたもたしてんだよッ」

勇貴が近寄ってきそうな気配に、やむなくロープに首を入れた。

まだ切れこみは浅いから、うまく軀が落ちるかわからない。ロープが切れなかったら一巻の終わりだと思うと、膝頭《ひざがしら》ががくがく震えた。

「いいぞ」

と勇貴がいった。

「あとは椅子を蹴《け》るだけだが、それはおまえがやらなくていい。死刑執行は耕介の役目だ」

あらかじめそういわれていたのか、耕介はうなだれている。

「椅子くらい自分で蹴れるわ。どうして耕介くんにやらせるの」

「おれに対する忠誠の証《あか》しさ。自分が殺人犯になりゃあ、どこにもタレこめねえだろう」

「大成中学の同級生も、こうやって殺したのね」

「海老原と首藤か。あいつらはもっと簡単さ。薬で眠ってるあいだに吊るしちまったからな」

「なぜ同級生を殺したりしたの」

「低能のくせに、おれをゆすったからさ」

「あんたが前科を隠して、うちの学校にいるのに気づいたのね」

「まあな。しかし前科っていっても、おれは無罪だぜ」

「なぜ、ひとを殺したのに無罪になるの」

「刑法第三十九条を知らねえのか。心神喪失者の行為は、罰しない」

「心神喪失者って――」

勇貴は自分の頭を指さして、

「要するに、ここがイカれてるってことさ」

あははは、と乾いた声で笑った。

「最後に聞かせて。恵ちゃんも、あなたが殺したの」

「いいや。あいつは自分で電車に飛びこんだ」

「嘘よ。そんなはずがない」

「もう、むだ話をしてる時間はねえよ。耕介、椅子を蹴れ」

耕介はよろよろと近づいてくると、いまにも泣きだしそうな表情で、こちらを見あげた。

「ごめんなさい。ぼくのせいで、こんなことになって――」

「いいの。耕介くんのせいじゃない」

と美咲はいったが、声は震えていた。

いまだに脱出の方法を思いつかない。

恐怖と焦燥で、心臓が破裂しそうだった。みぞおちのあたりが絞られるように痛む。

あまりの苦しさに、一瞬、意識が遠のいた。

そのとき、奇妙な映像があらわれた。

眼の前に、首を吊っている自分の姿がある。しかし、それを見ているのも自分である。

なにが起きているのかと思ったとき、ロープが切れて、自分の軀《からだ》は地面に落ちた。

とたんに哲平が駆け寄っていく。

勇貴は驚いた表情で、立ちすくんでいる。

哲平がおおいかぶさってきたが、自分はあおむけになって――。

映像はまだ続いているが、かぶりを振ると、われにかえった。

「耕介くん、椅子を蹴って」

と美咲は小声でいった。

「えッ。でも――」

「いいから、あたしのいうとおりにして。この椅子を蹴ったら、すぐに逃げるのよ。逃げて警察に通報して」
耕介がうなずいたとき、勇貴が怒鳴った。
「なにひそひそやってんだ。早くしろよッ」
美咲は両手をロープにかけると、ビール瓶の破片をもう一度喰いこませた。
耕介が右足をかまえて、こちらを見た。
美咲がうなずくと、耕介は椅子を蹴った。
とたんに軀が宙に浮いて、首が絞めつけられた。
しかし次の瞬間、軀は地面に落下した。
膝を打って鈍い痛みが走ったが、気にしているひまはなかった。
哲平が駆け寄ってくると、無言でのしかかってきた。
美咲はあおむけになって、彼の股間《こかん》を思いきり蹴りあげた。
哲平は股間を押さえて横ざまに転がった。牛のようなうなり声をあげている。
「なにやってんだッ」
勇貴が罵声《ばせい》をあげて迫ってきた。なにかに憑《つ》かれたように両眼が吊《つ》りあがっている。
その顔をめがけて、ビール瓶の破片を突きだした。
ごりッ、とした感触があったと思うと、勇貴は顔を押さえてうずくまった。
「ちくしょう。殺してやる」

と勇貴はうめいた。両手のあいだから、だらだらと血がしたたった。

美咲は彩乃に駆け寄った。彼女は地面に座ったまま、放心している。

耕介は、まだ逃げていなかった。

指先を震わせながら、彩乃の両手を縛ったガムテープをはずしている。

「早く逃げよう」

美咲は叫んで、彩乃を抱き起こした。


暗くなった山道を、三人は転がるように走った。

空気は肌寒いが、軀は汗にまみれている。

しばらく走ったところで、山の上からエンジンを吹かす音がした。

勇貴と哲平が体勢を立てなおしたのだろう。

車で追いかけられたら、とても逃げ切れない。

誰かに助けを求めようにも、山のなかとあって、ひとの姿はない。

美咲は走りながら、ポケットからケータイをだした。

ここまで助けにきてもらうには、車がいる。

一一〇を押しかけて、刑事の中牟礼哲也を思いだした。中牟礼なら顔見知りだが、どこにいるのかわからないうえに、事情を説明している時間はない。

こういう場面で両親は頼りにならないし、翔太と里奈には車がない。車を持っていて、近くに住んでいる者といえば――鬼屋敷しかいない。

美咲は急いでケータイの電話帳を開いた。

鬼屋敷は、幸い電話にでた。

いますぐ伊美山にきてくれというと、鬼屋敷は眠そうな声で、

「なんなんだ、いったい。きょうも締切で忙しいってのに」

「助けてください。殺されそうなんです」

電話のむこうで、ごくりと唾《つば》を呑《の》む気配がして、

「わかった。すぐにいく」

美咲は電話を切って、無我夢中で走った。

車のエンジン音が上から近づいてくるが、まだふもとには着かない。

「だめ、もう走れない」

彩乃が脇腹を押さえて、あえいでいる。

耕介も荒い息を吐きながら、

「道をそれて、山のなかへ逃げませんか」

振りかえると、木々のあいだに車のヘッドライトが見え隠れしている。いまから道をそれても、遠くまで逃げられそうもない。

「だめよ。もし見つかったら、今度こそ殺される」

美咲はふたりを励ましながら、走り続けた。

ようやく山のふもとに着いたとき、背後から猛スピードでヘッドライトが迫ってきた。

しかし鬼屋敷の車は、どこにもない。

焦りつつあたりを見まわしていると、カンカンカン、と耳障りな警報が響いた。

道路の先に踏切があって、遮断機がおりかけている。

いま踏切を渡らなかったら、確実に捕まってしまう。

「急いで。あそこを渡るわよ」

美咲は叫ぶと、彩乃と耕介は疲れきった顔でうなずいた。

三人は遮断機をくぐって、一気に駆けだした。

線路を渡りきるまでのわずかな距離が、異様に長く感じられる。

ふと、この踏切で、佐々木恵が死んだのを思いだした。

恐らく恵も自殺を強制されて、自分たちとおなじように逃げだしたのだ。

けれども、この踏切を渡る途中で、電車に轢《ひ》かれたのにちがいない。

「いいや。あいつは自分で電車に飛びこんだ」

さっきの勇貴の台詞《せりふ》は、そういう意味だろう。恵がここで死んだと思うと、いまにも電車に轢かれそうな気がして、生きた心地がしない。

足元のレールから、電車の振動が伝わってくる。

死にものぐるいで踏切を渡りきった瞬間、轟音《ごうおん》とともに背後を電車が通りすぎた。

ほっと息を吐いたとき、クラクションが鳴って、ぎくりとした。

見覚えのある古びた軽自動車が、眼の前に停まっていた。鬼屋敷が窓から顔をだして、

「なにやってんだ。早く乗れ」

美咲と耕介は後部座席のドアを開けると、車に乗りこんだ。

その頃になって、彩乃の姿がないのに気づいた。

「もどってください。もうひとりが——彩乃ちゃんがいないんです」

美咲が叫ぶと、鬼屋敷はハンドルを切って、踏切を渡った。

しかし彩乃の姿はどこにもない。ケータイに電話しても、圏外でつながらない。

勇貴たちの車らしいテールライトが、伊美山のほうへ遠ざかっていくのが見えた。

一緒に踏切を渡ったつもりだったが、いつのまにか彩乃の姿は消えていた。

勇貴たちに連れ去られた可能性が高いが、絶対にそうだとはいいきれない。

彩乃を捜しながら、美咲は刑事の中牟礼哲也に電話した。

中牟礼と話すのは、七月の事件以来である。

手短に事情を説明したが、状況が複雑なだけに、うまく伝わらない。

そのせいか、中牟礼はあまり乗り気でない口調で、

「まあ、その勇貴って子をあたってみるが、とにかく全員無事なんだね」

「ええ。でも彩乃ちゃんが連れ去られたかもしれないんです」

「もちろん捜すよ。しかし誰も怪我ひとつしてないんじゃあ、事件性は薄いな」

「そんな――」

と美咲は絶句した。

「あたしたちは自殺を強制されたんです。それに立花勇貴は恵ちゃんと、ふたりの大学生を――」

「殺したっていうんだろ。しかし事実かどうかわからんし、今回の件とは話がべつだ」

「べつじゃありません。勇貴は四年前に連続通り魔事件を起こしているし、今回の事件はそれが発端なんです」

より事情にくわしい耕介に電話をかわろうとしたが、まあまあ、と中牟礼はいって、

「あとで話を訊《き》くから、連絡がつくようにしといて」

電話はそこで切れた。美咲は溜息《ためいき》をついて、

「もう。どうしてすぐに動いてくれないの」

「あんなに込みいった話じゃ、簡単には理解できんよ」

と鬼屋敷は苦笑して、

「とりあえず、うちへいこう」

鬼屋敷の家に着くと、美咲と耕介はあらためて、いままでのいきさつを話した。

勇貴は名門進学校の大成中学に通っていたが、中学二年のときに暴力事件を起こして転校した。

高校一年のときには連続通り魔事件で三人を死傷して、警察に逮捕された。

その後、どういう経緯をたどってか、氏名を変えて不知火高校に入学している。

しかし大成中学の同級生だった海老原淳也と首藤直之は、勇貴が不知火高校にいるのを知って、過去をばらすとおどした。

「そこで、その勇貴ってやつは、ふたりを伊美山におびきだすと、自殺に見せかけて殺したっていうんだね」

と鬼屋敷がいった。耕介はうなずいて、

「勇貴くんは、薬で眠らせてから、首を吊《つ》らせたっていってました」

「しかし佐々木恵って子は、どうして殺されたのかな」

「それはわかりません」

でも、と美咲がいった。

「たぶん、なにかの秘密を知ったんです。それで、あたしたちみたいに追いかけられて、電車に飛びこんだんだと思います」

「おおまかな流れはわかった。しかし美咲くんも災難だったね」

「あたしが襲われたときに注射されたのは、いったいなんでしょう」

「すぐに意識を失ったってことは、麻酔薬かもしれん」

「クロロホルムとか？」

「いや、テレビドラマやマンガだとクロロホルムやエーテルを嗅《か》がせるが、現実にはあんなにうまくいかん。一瞬で意識を失わせるなら、医療用の麻酔薬だ。しかし高校生がどうやって入手したんだろう」

「もっとわからないことがあるんです」

と美咲がいった。

「木島征士から立花勇貴に、どうやって名前を変えたのか。あれだけの事件を起こしたのに、どうして短いあいだに社会へもどれたのか――」

鬼屋敷はおもむろに煙草に火をつけて、煙を吐きだすと、

「まず名前の件だが、結婚したり養子にいったりすれば、姓が変わるのは知ってるだろ」

「ええ」

「それ以外で姓を変えるとなると、家庭裁判所の認可がいる。姓を変えるには『やむを得ない事由』が必要で、下の名前、つまり名を変えるには『正当な事由』が必要だ」

「やむを得ないと、正当のちがいがわからないんですけど」

「前者のほうが難易度が高いが、似たようなもんだ。たとえば、氏名が極めて読みづらいとか、社会生活に支障があるとか、近所に同姓同名の人物が多いとか、異性とまぎらわしいとか、家庭裁判所が氏名の変更を認めるのは、そういうケースだな」

「じゃあ、なにかはっきりした理由があれば、名前は変えられるんですね」

「ああ。立花勇貴の場合、犯行時は少年だから、もし周囲に実名を知られたら、今後の生活に支障があるだろう」

「それを理由に、家庭裁判所が氏名の変更を認めたってことですか」

「その可能性もある。次に、立花勇貴がなぜ短期間で社会に復帰できたかだが、勇貴は自分が無罪だといってたんだろ」

「ええ。刑法とか心神喪失者がどうとかって」

「刑法第三十九条だろう。心神喪失者ノ行為ハ之ヲ罰セス、心神耗弱者ノ行為ハ其刑ヲ減軽ス、ってやつだ。つまり、なんらかの罪を犯しても、その際に善悪を判断できる責任能力がなかったと判断されれば、刑法上は罪に問われない。もしくは罪が軽くなる」

「責任能力がないってことは――」

「精神的な障害とか、薬物の摂取による錯乱とか、そういった状態だ。昔はこの第三十九条が乱発された時期もあったが、最近は容易に適用されない。しかし立花勇貴が通り魔殺人事件を起こしたのは十五歳だろう。その年齢だと、少年法で処置がくだされる」

「少年法は何歳までが対象なんですか」

「二十歳に満たない者だ。ところで立花勇貴はいくつだね」

「十九歳のはずです。それで高校二年だから、たった二年しかブランクがないんです」

と耕介が答えた。

「少年法は現在、刑事罰の対象を十四歳以上と定めている。家庭裁判所の判断によっては、検察に逆送して刑事裁判にかけることも可能だが、精神的に異常があると認められれば、医療少年院送致の保護処分がせいぜいだろう」

「医療少年院?」

「おもに精神的な疾患のある少年を収容して、治療と矯正教育をおこなう。一般的な少年院とちがうのは、治療に重点がおかれているところかな」

「治療ってことは、治ったら社会にでられるんですね」

「ああ、退院と同時に家庭へかえされる。治療の内容によっては、一般の少年院に送られる場合もあるがね」

「退院までの期間は、どのくらいですか」

「医療少年院は最長で二十五歳まで収容できるが、実際の収容年数は短い。一九九七年に神戸で連続児童殺傷事件を起こした十四歳の少年は、事件から七年で仮退院、二〇〇〇年に高速バス乗っ取り事件で乗客を殺傷した十七歳の少年は、事件から五年で仮退院している。日本じゅうを震撼《しんかん》させるような事件でも、この程度の収容年数だから、殺人を犯しても二、三年で退院するのは珍しくない」

「じ、じゃあ」

と耕介がいった。

「勇貴くんがたった二年で社会にもどったのは――」

「医療少年院にいたんなら、べつに不自然じゃないね」

「それじゃあ、被害者のひとはどうなるんですか」

と美咲がいった。

「さっきもいったように、犯行時に心神喪失と認められたら責任能力はない。つまり罪に問われていないんだから、被害者は民事訴訟すらできない」

「そんな――。加害者が、わざと心神喪失のふりをしたらどうなるんですか」

「わざとかどうかを判断するのは、精神科医だ。精神科医が嘘を見抜けなければ、責任能力は問えない」

「勇貴は、自分から刑法第三十九条で無罪だといってたんです。絶対に責任能力はあったと思います」

「しかし、いまさらそれを証明できん。事件についての審理は、とっくに終わっている。

問題は、彼が現在犯している罪をどうやって暴くかだ」

「それは大丈夫です。あたしたちは殺されそうになったんだから」

ふふん、と鬼屋敷は鼻を鳴らして、短くなった煙草を空き缶で揉《も》み消した。

「そう簡単に事が運べばいいがな。勇貴ってやつは法律の知識もあるようだし、ひと筋縄じゃいかんかもしれんぞ」

会話が途切れたのをしおに、美咲は彩乃に電話した。しかし彼女のケータイは、いまだにつながらない。勇貴のケータイの番号は耕介のケータイに登録してあったが、電話をしてみると、こちらも電源が入っていないようだった。

「彩乃ちゃんがあいつらに殺されてたら、どうしよう」

「しかし、ここへくる前に警察には連絡しただろう」

と鬼屋敷がいった。

「むこうも、そのくらいは予想してるはずだ。もし彩乃って子を捕まえてたとしても、下手に殺せば、自分で墓穴を掘ることになる」

「ぼくは、もうすこしで美咲さんを殺すところでした」

耕介はそういって、肩を落とした。

「いうことを聞かなきゃ殺すっていわれたら、急に怖くなって」

「気にしないで。誰だって殺されそうになったら、自分の身を守りたくなるよ」

「でも、ぼくはずっと自殺を考えてたのに――どうしてこんなに臆病《おくびょう》なのかって、自分がいやになりました」

「どうして自殺なんか考えるんだ。なにか悩みでもあるのかい」

と鬼屋敷が訊《き》いた。

「悩みっていうか、漠然とですが、生きてるのがいやになったんです」

「自殺なんかするもんじゃない。痛いし苦しいし、はた迷惑だ」

「でも練炭と硫化水素は苦痛がないって、ネットに書いてありましたけど。あと首吊《つ》りも楽だって――」

「だめだめ。どれも失敗すれば、脳に重大な障害が残る可能性がある。それに練炭を使った一酸化炭素中毒や硫化水素による自殺は、他人を巻きこむ危険がある。最近も硫化水素自殺で、家族二名が巻き添えで死亡する事件があった」

じゃあ、と美咲がいった。

「他人を巻きこまないだけ、首吊りのほうがましですね」

「ましなもんか。首吊りは眼と舌が飛びだして、糞尿《ふんにょう》は垂れ流しだ。死ねば平気だと思うかもしれないが、屍体《したい》を片づける者の身にもなってみろ」

美咲は自分が首を吊った姿を想像して、ぞっとした。

一歩まちがえれば、鬼屋敷がいうような姿になっていたのだ。

「耕介くんがなんに絶望したのか知らんが、あわてなくても人間はどうせ死ぬんだ。生きてるあいだは、やるだけやってみろよ。死んでからのことは、死んでからやればいい」

「死んでからのことって――」

「よく知らんよ。灰になるなり、天国へいくなり、幽霊になるなり、なんかあるだろ」

耕介は曖昧《あいまい》にうなずいた。

「おれなんか、もうじき五十だっていうのに、金はないし女房もおらん。作家なんていっても、毎日締切に追われるだけで、いいことなんかひとつもない」

「そうよ。鬼屋敷先生みたいなひとでも、がんばってるんだから」

「おれみたいなひととは、どういうことだ」

「いえ、なんでもありません」

美咲は、ちょろりと舌をだした。

「もう大丈夫です。今回の件で、ぼくは死ねないっていうのが、よくわかりました」

と耕介はいった。

「まあ、それならいいが」

と鬼屋敷は、また煙草に火をつけて、

「とにかく一連の自殺は、美咲くんが心配したようなものじゃなかったわけだ」

「ええ。学校では、いまだに玄田道生の祟《たた》りだって噂ですけど」

「耕介くんが立花勇貴について調べなかったら、誰も他殺だとは思わなかっただろう」

「でも伊美山で死んだ三人が自殺じゃないっていうのは、霊能者の磨宮さんも——」

と美咲がいいかけたとき、ケータイが鳴った。

ディスプレイを見ると、相手は中牟礼だった。即座に通話ボタンを押すと、

「まったく人騒がせだなあ」

中牟礼は不機嫌な声でいった。

「立花勇貴と岩間哲平は自宅にいたよ。ふたりとも、きょうは学校から帰ってから、外出してないそうだ」

「そんなの嘘です」

「嘘かどうかは知らないが、きみと一緒に殺されかけたという彩乃って子も無事だ」

「よかった」

と美咲は胸を撫《な》でおろして、

「それで、彩乃ちゃんはどこにいるんですか」

「彼女も自宅にいたよ。ただ、風邪気味で寝込んでるって、父親がいってたぞ」

「それも嘘です。彩乃ちゃんは、あいつらにおどされて、ほんとうのことがいえないんです」

「きみの主張はともかく、双方のいいぶんを聞くのが、警察の仕事だからね。念のために

伊美山も部下にパトロールしてもらったが、なにも不審な点はなかった」

「そんな――」

と美咲は絶句して、

「立花勇貴は自殺に見せかけて、三人を殺してるんですよ。証拠もあるっていってるのに、どうして調べてくれないんですか」

「証拠っていっても、伊美山で自殺した大学生が、中学の同級生ってだけだろ。それじゃ再捜査はできんよ。事件はもう自殺でカタがついてるんだ」

「でも立花勇貴は四年前の連続通り魔事件の――」

「それは、さっきも聞いたよ。署内で調べた範囲では事実のようだが、立花勇貴は事件当時、病気だったんだ」

「病気なら、なにをしても許されるわけじゃないでしょう」

「もちろん。だが罪に問えないのもたしかだ。彼の過去をみだりに口外するのは、人権侵害にあたるし、少年法でも禁じられている」

「あたしと耕介くんをおどしたり、自殺を強要したのは、なんの罪にもならないんですか」

「そうはいってない。被害届をだすんなら、あした署までくるといい」

「ずいぶん、のんびりしてますね」

「こういっちゃなんだが、美咲くんは七月の事件のときも、霊がどうとかいってたよね。今夜もまた幽霊を見たんじゃないのか」

「ひどい。あんまりです」

「悪い悪い。でも、こっちは山ほど事件を抱えてるんだ。きみの話ばかりを聞いてはおれんよ」

なにかあったら連絡してくれ、と中牟礼は電話を切った。美咲は溜息《ためいき》をついて、

「だめだわ。話にならない」

「刑事の味方をするわけじゃないが、確証がないと警察は動けんさ」

と鬼屋敷はいった。

「まあ、彩乃って子が無事だっただけでもよかったじゃないか。あした彼女と話して、その中牟礼って刑事に相談するしかないだろう」

美咲は、耕介と一緒に鬼屋敷の家をでた。時刻は、もう十一時をすぎている。

夜道を歩きながら、耕介は美咲を巻きこんだことを何度も詫《わ》びた。

「ぼくがよけいなことを喋《しゃべ》ったばかりに——」

「そんなことないって。耕介くんが喋ってくれたから、事件の真相がわかったんだから」

「でも、ぼくは美咲さんを殺そうとしたんですよ」

「ちがう。耕介くんじゃなくて、勇貴があたしを殺そうとしたの」

「――そんなふうにいってくれるだけで、うれしいです」

と耕介は声を詰まらせた。涙が頬を伝っている。

「泣かないの。耕介くんは男でしょう」

耕介はしゃくりあげながら、涙をぬぐって、

「それにしても、美咲さんがあんなに強いなんて知りませんでした」

「そうじゃないの」

と美咲はいった。

「あのとき、自分の姿が見えたの。まるで別人が見ているみたいに」

「美咲さんが首を吊ろうとしてるのがですか」

「そう。それからロープが切れて、あたしは地面に落ちるの。最初に哲平が飛びかかってきたのを蹴《け》っ飛ばして、次に勇貴がくるんだけど、ビール瓶の破片で顔を突いてやっつけるの。その様子が、はっきり見えて――」

耕介は意味がわからないというように、眼をしばたたいた。

「だから、あたしはそのとおりやっただけ」

「それって、つまり未来が見えたってことですか」

「さあ。怖くて幻覚でも見たのかな」

と美咲は笑った。

あのときの奇妙な感覚は、なんだったのか。

妙なものが見えるのには慣れているが、自分で自分の姿を見るのははじめてだった。

幻覚にしては、やけに鮮明だった気もするが、あるいは夢でも見たのか。

いずれにせよ、一瞬のうちに、これから起きることを見たのはたしかだった。


耕介がわが家に着いたのは、深夜の一時近かった。

玄関のドアを開けるなり、母が飛びだしてきた。

「こんな時間まで、なにやってたの。塾の先生から、無断欠席だって電話があったのよ」

「――用があったんだよ」

耕介はぶっきらぼうに答えた。

「用ってなによ。さぼってただけじゃない」

無視して二階へあがろうとしたが、リビングのほうから、父の怒鳴り声がした。

「ちょっと、こっちへこいッ」

リビングへいくと、床に正座させられた。

両親に事情を説明する気にはならなかった。ふたりの頭には息子の成績しかない。

なにをいっても、聞く耳を持たないだろう。

耕介が黙っていると、両親はますます怒った。

「あんたを塾へいかせるのに、どれだけお金がかかってると思ってるの」

「弟はしっかりしてるのに、兄のほうは、どうしてこんな出来損ないに育ったんだ」

ふと両親の叱責《しっせき》に、まったく動揺していない自分に気がついた。

あれほど叱られるのを恐れていたのに、驚くほど気持は冷めている。

かわりに腹の底で、たぎるものがある。

塾だの宿題だのではなく、やらねばならないことがある。

いくら自分が非力でも、もっとかよわいはずの美咲があんなに勇敢なのだ。

その美咲を裏切りかけた自分が情けなかった。きのうまでなら、それでまた落ちこんで、死のうと考えたのかもしれない。

しかし、いまは自己嫌悪より、怒りのほうがまさっていた。

また誰かに危害がおよぶ前に、勇貴と哲平を止めるにはどうすればいいのか。警察が頼りにならないのなら、自分の力でやるしかない。

耕介は、両親の罵声《ばせい》を浴びながら、それだけを考えていた。

十一

翌日、美咲はふだんどおり学校へいった。

ゆうべは怒りと不安で、ほとんど眠れなかった。

よほど両親に相談しようかと思ったが、ふたりとも取り乱して、大騒ぎになるのは眼に見えている。そうなれば、勇貴たちは自分たちの犯行を隠そうとするだろう。

彼らが次の手を打つ前に、一刻も早く警察に捜査をしてもらうしかない。そのためには自分と耕介だけでなく、彩乃の証言も必要である。

美咲は学校に着くと、まっさきに彩乃の姿を捜した。

ところが、彼女は風邪を理由に欠席していた。

教師によれば、親から連絡があったそうだから、とりあえず自宅にいるようで、ほっとした。しかしケータイは、あいかわらずつながらない。

自宅にいるのに、なぜ電話にでないのか。理由を考えていると、ある想像が浮かんだ。

彩乃は、勇貴をかばっているのではないか。

勇貴の正体こそ知らなかっただろうが、一応は彼氏である。犯罪者であったとしても、同情する気持はあるだろうし、警察に捕まるのはつらいだろう。

自分が口をつぐんでおけば、勇貴は助かると考えたのかもしれない。
もしそうだとしたら、勇貴の罪を暴くのは極めて困難になる。
ひとまず耕介に相談しようと三組の教室へいったが、彼までが学校を休んでいる。
しかも無断欠席だと聞いて、にわかに不安になった。
けれども勇貴と哲平は、なに喰《く》わぬ顔で教室にいた。
ゆうべの傷が深かったのか、勇貴は鼻に絆創膏《ばんそうこう》を貼っている。
勇貴はそれを指さしながら、周囲の女子生徒たちに冗談めかして喋っている。
「――で、下ばかり見てたら、そいつの頭がぶつかっちゃってさあ」
なにがそんなにおもしろいのか、女子生徒たちは笑い転げている。
美咲はしばらく勇貴と哲平をにらんでいたが、ふたりとも眼をあわそうとしない。
この場で、なにもかもぶちまけたい衝動に駆られた。
しかし、ほかの生徒たちはなにも知らない。
勇貴に詰め寄ったところで、こちらが変に見られるだけだ。
もう始業のチャイムが鳴っている。美咲は怒りをこらえつつ、教室にもどった。
自分の席についたとき、ケータイが震えた。
ディスプレイには、見覚えのない電話番号が表示されている。
不審に思いながら、通話ボタンを押すと、男の含み笑いが聞こえて、

「さっきは、えらくガンつけてたな」

勇貴の声だった。美咲は、ぎょっとして、

「なんで、あたしの番号を知ってるの」

「おれの彼女に聞いたんだよ」

「もしかして、彩乃ちゃんと一緒にいるの」

「さあな」

「耕介くんも学校を休んでるけど、あんたたちがなにかやったの」

「さあな」

「お願い。ちゃんと答えて」

あはは、と勇貴は嗤《わら》って、

「ふたりがどうなるかは、おまえしだいだ。きょうの放課後、ひとりで裏門にこい」

「――わかった」

「誰かにいったら、どうなっても知らねえぞ」

勇貴は電話を切った。

彼らがこんなに早く、次の手を打ってくるとは思わなかった。警察に相談するどころか、彩乃と耕介の身になにかあったらと思うと、うかつに動けない。

授業をうわの空で聞いていると、

「やけに顔色が悪いよ」

「ねえ、なんかあったの」

翔太と里奈が口々に訊《き》いてくる。

「大丈夫。ちょっと風邪気味なの」

と美咲は作り笑顔で答えた。

ひとりで勇貴の誘いに乗るのは危険だが、翔太や里奈を巻きこみたくない。

昼休みになって、鬼屋敷に電話した。

美咲がいまの状況を話すと、鬼屋敷は溜息《ためいき》をついて、

「そりゃあ、まずいな。そいつらのいうとおりにしたら、また拉致《らち》されるのがオチだよ」

「あたしもそう思うんです。でも、ほかに方法はないし――」

鬼屋敷はしばらく黙っていたが、

「そうだ。こういう方法はどうかね。ゆうべ、きみが電話してた刑事がいるね」

「ええ、中牟礼さんです」

「その刑事に裏門のあたりを見張ってもらうんだ。そこで美咲くんがでてきたら、あとをつけるよう頼む。勇貴とかいうやつは、恐らくきみに車に乗るよう命令するだろう。あるいは、前とおなじように薬で眠らせようとするかもしれん。どちらにせよ、美咲くんはそこで抵抗するんだ」

「それから、どうなるんですか」

「それだけさ。いやがってるのを連れ去ろうとするのは、れっきとした誘拐《ゆうかい》だ。刑事はすぐさま逮捕するだろう。勇貴を捕まえてしまえば、誰にも危害がおよぶことはない」

「それは名案かもしれません」

美咲は一瞬、声を弾ませたが、

「中牟礼さんが、うまく話に乗ってくれたらいいんですけど。あたしがいったんじゃ、また相手にされないかも――」

「どういう意味だ、それは。もしかして、おれがその刑事に頼めっていうのか」

美咲が返事をためらっていると、鬼屋敷は嘆息して、

「きょうというきょうは締切だっていうのに」


鬼屋敷のアイデアのおかげで、いくぶん気持が楽になった。

あのあと中牟礼からも電話があって、裏門を見張ってくれるという。

けれども彩乃と耕介のことを考えると、落ちついてはいられない。

午後の授業もまったく耳に入らないまま、放課後になった。

急いで帰り支度をしていると、翔太と里奈と隼人が机の前に集まってきた。

三人はなにかいいたげな表情でこちらを見ている。美咲は眼をしばたたいて、

「どうしたのじゃないわよ。きょうは金曜日でしょ」

と里奈がいった。

あ、と美咲は叫んだ。

ずっと考えごとをしていたせいで、きょうは編集会議だったのを、すっかり忘れていた。

「ごめん。みんなにいうの忘れてた。ちょっと急用があるの」

「ってことは、会議は中止？」

「ううん、みんなでやってくれてもいいよ。あたしだけ先に帰って悪いけど」

「美咲がいないんなら、会議なんかやんないよ。じゃあ、あたしと隼人はデートに変更」

「えッ」

と隼人が眼をしばたたいた。

「なによ。デートじゃいやなの」

「そうじゃないけど、原稿を書いてきたから、みんなに読んでもらおうかなって——」

美咲は両手をあわせて、

「ほんとにごめんね」

「もう部長がこれだからなあ。部誌ができないはずだよ」

と翔太はいって、

「どうしたの」

「ところで、急用ってなんなの」

「――ちょっと、ひとに逢《あ》うだけ」

「誰と逢うの」

「誰でもいいじゃない。みんなには関係ないの」

「なんか変ね」

と里奈がいった。

「最近の美咲って、絶対変だよ。きのうも急用だって先に帰ったし、きょうも朝から様子がおかしいもん」

「ううん、そんなことないって」

美咲は鞄《かばん》を持って、席を立った。もう、いいわけをしている余裕はなかった。

「やっぱり、なんかあったんだろ」

「なんでもないったら」

じゃあね、と美咲はいって、身をひるがえした。

いよいよ勝負だと思うと、緊張してくる。

美咲は何度も深呼吸をしながら、急ぎ足で歩いた。

校舎をでて裏門にむかっていると、鞄のなかでケータイが鳴った。

そのままにしておこうかと思ったが、中牟礼か鬼屋敷の可能性もある。

相手を確認せずに電話にでると、

「予定変更だ」

勇貴の声に軀《からだ》がこわばった。

「いまから正門にいけ」

「えッ」

と思わず高い声がでた。

「裏門で待ちあわせるはずじゃあ――」

「だから、予定変更だっていってるだろ」

「じゃあ、そっちへいくから待ってて」

中牟礼に正門へいくよう、伝えねばならない。急いで通話を切ろうとすると、

「待てよ。電話を切るな。このまま話しながら、正門まで歩け」

「どうして」

「おまえが誰かに連絡しねえようにだよ」

額にじわりと汗が浮いた。勇貴は続けて、

「さっき裏門のあたりを見たら、うさん臭え車が停まってたぞ。あれは、おまえの知りあいじゃねえのか」

「──なんのことか、わからないけど」

「とぼけるな。おまえなんか最初《ハナ》っから信用してねえんだ。前もって落ちあう場所を教えときゃあ、なにか仕掛けてくると思ってたんだよ」

すっかり手のうちを読まれている。美咲は唇を噛《か》んだ。

いっそ、このまま裏門へいって、中牟礼を呼ぼうかと思ったとき、

「寄り道すんなよ。こっちからは、おまえの姿が見えてるんだ」

勇貴は見透かしたようにいった。

正門をでると、勇貴は次の道順を指示してきた。

角をいくつか曲がると、ひと気のない路地にでた。

ゆうべ見た、黒のRV車がそこに停まっていた。ドアが開いて、哲平がおりてきた。

「立ち止まるな。さっさと歩け」

その声はケータイからでなく、背後からも聞こえた。

振りかえると、勇貴がケータイを耳にあてたまま、にやりと嗤《わら》った。

「早く車に乗れよ。彩乃が待ってるぜ」

美咲は溜息をついて、ケータイを鞄にしまった。

哲平にうながされて、車のドアに手をかけたとき、

「そこで、なにやってんの」

と呑気《のんき》な声がした。

なぜか翔太が路地のむこうに立っていた。

「おお、翔太くんじゃないか」

と勇貴は、いつも学校で見せる笑顔になって、

「いまからドライブにいくんだけど、一緒にいこうよ」

翔太は怪訝《けげん》な顔つきで、こちらに近づいてきた。

「きちゃ、だめッ」

美咲が叫ぶと、哲平の手が口を押さえた。

次の瞬間、勇貴が翔太の肩に注射器を突きたてた。


車は、夕暮れの伊美山を猛スピードでのぼっていく。

美咲は後部座席で、ぐったりと窓にもたれていた。

翔太は隣であおむけになって、軽くいびきをかいている。

ふたりとも両手はガムテープで、うしろ手に縛られている。

ここへくる途中で、翔太は解放してくれと頼んだが、

「おまえが車に乗るところを見ちまったんだ。帰すわけにはいかねえよ」

勇貴はそういって、厭《いや》な笑いを浮かべた。

「カップルのほうが、おまえもさびしくなくていいだろう」

自分はともかく、翔太まで捕まえて、なにをするつもりなのか。

また伊美山へきたということは、きのうのように自殺を強要するつもりなのか。

「どうして伊美山にこだわるの」

運転席の勇貴に訊《き》くと、

「じきにわかるさ。病院に着いたらな」

「病院って、あの廃墟《はいきょ》へいくつもりなの」

「だったら、なんだよ」

「やめて。あそこにはいかないほうがいい」

「また霊がどうのこうのか。そんなもん迷信に決まってんだろうが」

「迷信じゃないわ。あの病院は、ほんとうに危険なの」

「なにが危険か知らねえけどよ。彩乃に逢わねえでいいのか」

「彩乃ちゃんたちは、あの病院にいるのね」

「ああ。でも、そんなに危険なとこなら、いま頃どうなってるかな」

勇貴はハンドルを操りながら、低い声で嗤った。

やがて車は、病院の前に着いた。

錆《さ》びついた鉄条網のむこうに、三階建ての建物が見える。

窓には鉄格子がはまり、どす黒い壁面には、枯れた蔦《つた》が毛細血管のように這《は》っている。

四人は車をおりて、歩きだした。

哲平は、まだ意識がもどらない翔太の両腋《わき》を抱えて、ずるずるとひきずっている。そのせいで、翔太のスニーカーが片方脱げて、地面に転がった。

美咲が拾おうとしたが、勇貴に急《せ》かされて、そのままになった。

鉄条網の破れ目をくぐって、敷地のなかに入った。

ガラスが割れて、ステンレスの枠だけになった玄関を抜けると、ぞくりと鳥肌が立った。

外のほうが気温は低いはずだから、寒さのせいではなさそうだった。

日没にはもうすこし時間があるが、病院のなかは夜のように暗かった。

勇貴は大型の懐中電灯で、あたりを照らしながら、

「学校の噂じゃ、おまえらはここで霊が憑《つ》いたとかいって、騒いでたんだって？」

「騒いでたんじゃない。もうちょっとで死ぬところだったわ」

勇貴は鼻を鳴らして、廊下を歩きだした。

重くよどんだ空気は、黴《かび》と埃《ほこり》の匂いがする。

スプレーの落書きがある壁も、床にちらばったカルテも、棚で埃をかぶった薬品も、なにもかも、七月にきたときとおなじだった。

あのときの記憶が蘇《よみがえ》りそうになるのを、かぶりを振って打ち消した。

どこかの病室に彩乃が監禁されているのかと思ったが、勇貴は病院の奥へ入っていく。

「彩乃ちゃんと耕介くんは、どこにいるの」

「あそこだよ」

勇貴が懐中電灯で、廊下の突きあたりを照らした。

とたんに、冷たいものが背筋を這いあがった。

重厚な金属の扉が、そこにあった。

夢にまで見て魘《うな》された、地下室の扉である。

両開きの扉には金属の太い閂《かんぬき》がかかっていて、至るところに筆文字の記された細長い紙が貼られている。心なしか紙の数は、前より増えている。

勇貴は紙を覗《のぞ》きこんで、

「この小汚ねえ紙はなんだ」

「御札よ。この地下室に、玄田道生を封印してあるの」

「あの連続殺人鬼ってやつか」

「そう。ここには入らないほうがいい」

「殺人鬼なら、おれの同類だろ。喜んでお茶でもだしてくれるんじゃねえか」

「同類じゃないわ。玄田道生は、あんたみたいに理不尽な殺人はしない」

「バカいうな。理不尽じゃねえ殺人がどこにある」

勇貴は無造作に御札を剥《は》がすと、閂を抜いた。

遠くで雷鳴が轟《とどろ》いて、窓の外が明るくなった。

勇貴は一瞬、おびえたように眼を泳がせた。

けれども、すぐに気をとりなおしたようで、地下室の扉に手をかけた。金属が軋《きし》む耳障りな音とともに扉が開いた。

とたんに、なまぐさい臭いがたちこめて、思わず手で鼻を覆った。哲平も翔太を抱えたまま、顔をそむけている。

勇貴は絆創膏《ばんそうこう》を貼った鼻を押さえて、

「早く入れよ」

「このなかに、ほんとうにふたりがいるの」

「がたがたいわずに、自分でたしかめな」

ふと、磨宮の言葉を思いだした。

「玄田は、あの病院の地下室にいるわ。封印は不完全だけど、解けてはいない」

玄田がいると思うと、地下室に入るのは、たまらなく恐ろしい。

しかし彩乃と耕介がいるのなら、助けるしかない。

恐る恐る暗がりを覗きこむと、コンクリートの階段が下へと続いている。

「彩乃ちゃん、耕介くん——」

と声をかけた瞬間、背中を突き飛ばされて、階段を転げ落ちた。

コンクリートの床で頭を打って、目蓋《まぶた》の裏に火花が散った。

肩と膝《ひざ》も打ったようで、烈しい痛みがある。

美咲はやっとの思いで頭をもたげて、周囲に眼を凝らした。

暗くてよく見えないが、ひとのいる気配はない。

美咲は階段を見あげて、

「彩乃ちゃんたちは、どこにいるの」

「ここにはいねえよ。ほら、忘れものだ」

勇貴はそういって、美咲の鞄《かばん》を投げ落とした。

「だましたのね」

「おまえも、おれをだまそうとしたじゃねえか」

美咲は軀《からだ》の痛みをこらえて、立ちあがった。

階段を駆けあがろうとしたとき、哲平が上から翔太の軀を放り投げた。

翔太はいまだに眠ったまま、壊れた人形のような恰好《かっこう》で、階段を転げ落ちてきた。

美咲はよけるひまもなく、翔太とぶつかって、尻餅《しりもち》をついた。

翔太はどこか打ったのか、うーん、とうなったが、まだ目覚める気配はない。

「じゃあ、そろそろはじめようかな」

階段の上から、勇貴の声がした。

「耕介に火をおこしたか、訊いてこい」

とっさに耳を疑った。

耕介がここにいたというのも意外だったが、いまの口ぶりでは、勇貴たちの手伝いをしているような印象である。

美咲は、ゆうべの耕介を思い浮かべた。

耕介は、勇貴におどされて、いいなりになったのを悔やんでいた。

あのときの涙が嘘のはずがない。なにかの聞きまちがいに決まっている。

美咲はそう自分にいい聞かせた。


しばらくして、哲平が階段をおりてきた。なにか円筒形のものを抱えてくると、それを床に置いた。筒の先から炎があがっているから、コンロのようだった。

哲平のあとから、もうひとりがおなじようなコンロを抱えて、階段をおりてきた。

てっきり勇貴かと思っていたが、その顔を見たとたん、息を呑《の》んだ。

「――耕介くん」

耕介は無言で、コンロを床に置いた。

「どうしてなの。どうして、耕介くんがここにいるの」

「どうしてか、教えてやろうか」

　と勇貴の声がした。勇貴も火のついたコンロを抱えて、階段をおりてきた。

　コンロの炎に、地下室のなかがぼんやりと浮かびあがった。

　天井にも壁にも床にも、びっしりと経文が書かれている。

　玄田道生を封印するために記された、般若心経《はんにゃしんぎょう》の二百六十二文字である。

「耕介は、なかなか利口な奴だよ」

　と勇貴がいった。

「いったんは、おまえにそそのかされて、おれたちを裏切りかけたみたいだがな。けさ耕介から電話があって、やっぱり、おれたちにつくってよ」

「ほんとうなの、耕介くん」

　耕介は顔をそむけて答えない。かわりに勇貴が、

「マジだっていってんだろ。きょうも、おれたちがおまえを拉致《らち》っているあいだ、ここでせっせと練炭の火をおこしてたんだ」

「――そこにあるのは、練炭のコンロなの」

　日頃は練炭など見ないだけに、はじめはなにかわからなかった。

「まだわかんねえのか。密閉された部屋で練炭を焚《た》けば、不完全燃焼で一酸化炭素中毒に

なる。おまえらはここで自殺するんだよ。一酸化炭素中毒は苦痛もないっていうんだから、良心的だろ」

「こんなところで死んでるなんて、不自然よ。ゆうべ警察にも相談したんだし、きっと自殺じゃないって見破られるわ」

「そうかな。おまえが書いた遺書を見りゃあ、自殺だと思うだろうよ」

勇貴はシャツのポケットから一枚の紙をだして、ひらひらと振った。勇貴は指紋をつけないためか、紙の端っこをつまんで、美咲の鞄にねじこんだ。

「そんなものがあったって、あたしの友だちは信じない」

「ここは伊美山だぞ。しかも、おまえが死んでた場所は、いわくつきの病院だ。おまえの友だちは、また呪いだとか祟《たた》りだとかいうに決まってる」

おい、と勇貴が顎《あご》をしゃくると、哲平がガムテープで翔太の足首を縛った。

耕介もガムテープを持って、美咲の足元に手を伸ばした。

両手の自由がきかないのに、足まで縛られたら、もう脱出の見込みはない。

けれども、耕介の能面のような顔を見ると、抵抗する気力が失《う》せた。

「ゆうべいったことは、みんな嘘だったの？」

耕介はあいかわらず無言で、美咲の足首にガムテープを巻きはじめた。

「おまえらが死んだあとで、ガムテープはきれいに剝がしてやるよ。証拠が残らねえようこう」


勇貴は、ガムテープを巻き終わるのを見届けると、

「よし、準備はできたな。おれたちは外で時間を潰《つぶ》して、おまえらがくたばるのを待っとにな」

「あんただけは、絶対に許さない」

美咲は床に横たわったまま、勇貴をにらみつけた。

「光栄だね。早く幽霊になって、おれに祟ってくれよ」

勇貴は踵《きびす》をかえすと、階段をのぼっていった。

哲平があとを追って歩きだしたとき、彼の背中に耕介が勢いよくぶつかった。

一瞬、なにが起きているのかわからなかった。

ぐッ、と哲平はうめいて、前のめりに倒れた。

その背中に、見る見る赤黒い液体がにじんでいく。

耕介の手には、いつのまにか、光るものが握られている。

刺身用らしい鋭利な包丁だった。

「美咲さん、逃げましょう」

耕介はそういって、美咲のそばにしゃがみこんだ。

両手を縛ったガムテープを耕介が切ろうとしたとき、勇貴が階段を駆けおりてきた。

「なにやってんだッ」

耕介は立ちあがると、包丁をかまえて、

「もう、おまえのいいなりにはならないよ」

「――てめえ、最初から裏切るつもりだったんだな」

勇貴は悪鬼のような形相になると、耕介に詰め寄った。

「刺せるもんなら、刺してみろッ」

耕介は包丁の切っ先を震わせながら、勇貴に突っこんでいった。

しかし勇貴は軀を横にかわして、包丁をよけた。

そのとき、哲平がうつぶせに倒れたまま、耕介の足をつかんだ。

「あぶないッ」

美咲は叫んだが、もう遅かった。

耕介がよろめいた瞬間、勇貴はすばやく包丁を奪うと、階段の上に放り投げた。

「このバカが、調子に乗りやがって」

勇貴は怒声とともに、耕介の顔面を思いきり殴りつけた。

とたんに耕介は壁に頭を打ちつけた。眼鏡が吹き飛んで、レンズが粉々になった。

耕介はそのまま壁にもたれるように、ずり落ちた。鼻孔から赤い筋が垂れている。

勇貴は、なおも拳《こぶし》をふるった。顔といわず腹といわず、殴り続ける。

「もうやめてッ」

美咲が叫んでも、耳を貸さない。

勇貴が拳をおろしたときには、耕介の顔は、ふだんの倍ほどに腫《は》れあがっていた。折れた歯らしい白いものが、ぽろりと唇からこぼれ落ちた。

すでに意識はないようで、手足がひくひくと痙攣《けいれん》している。

「そのままにしてたら、死んじゃうわ」

「だからなんだよ。こいつもおまえらと一緒に死ぬんだ」

勇貴は肩で息をしながらいった。

「やべえ。おれまで酸欠になりそうだ。哲平、早くいこうぜ」

哲平が壁にすがりながら、よろよろと立ちあがった。

シャツもズボンも、血でぐっしょり濡《ぬ》れている。ふと勇貴は首をかしげて、

「大丈夫か。歩けるか」

哲平は苦しげな顔でうなずいた。

「どうも無理そうだな。おまえもここに残れよ」

勇貴は上着のポケットから注射器をだすと、哲平の首筋に突きたてた。

哲平は驚いた表情で勇貴を見たが、まもなく力が抜けたように崩れ落ちた。

美咲は深々と溜息《ためいき》をついて、

「ひどい。仲間まで殺すの」

「犯人は哲平で、耕介はおまえらを助けようとしたが、あえなく同士討ち。いい筋書きだろ」

美咲は黙って、かぶりを振った。

勇貴は階段をのぼっていくと、扉に手をかけて、

「これで、おれのことを嗅《か》ぎまわるやつはいなくなった」

「彩乃ちゃんがいるわ」

「彩乃か、あいつはおれの味方だよ」

「あんたをかばってるっていうの」

「まだ彩乃を信じてるとは、おめでたいやつだ。それじゃあ、四人でなかよくあの世へいきな」

勇貴が扉を閉めようとしたとき、

「四人じゃなくて、五人ね」

と女の声がした。

とたんに勇貴の軀《からだ》が、ぐらりと傾いた。

勇貴はよろよろと宙に足を踏みだしたと思うと、階段から落ちてきた。

彼の背中には、さっき耕介から奪ったものらしい包丁が突き刺さっている。

「彩乃、なんでおれを——」

勇貴はかすれた声でつぶやいた。

ぎょっとして階段を見あげると、彩乃が立っていた。

「兄さんの面倒はみてられないの。このままじゃ、また家の名前に傷がつくわ」

「——兄さんって、どういうことなの」

「あんたもお人好しね」

と彩乃は嗤《わら》った。

練炭の炎に浮かんだ顔は醜くゆがんでいた。

いつものおだやかな彼女からは想像もできない陰惨な表情だった。

「最後だから教えてあげる。立花勇貴って名前になる前は、木島征士だったの。その前は吉川征士——つまりあたしの兄よ」

美咲が呆然《ぼうぜん》としていると、彩乃は続けて、

「うちの両親は、兄が中学をでた頃に離婚したの。兄は父を嫌っていたから、あたしは父方に、兄は母方にひきとられて、木島征士になった。そのあと兄は通り魔事件を起こしたせいで、いままでの名前じゃ暮らせなくなった。それで名字も下の名前も変えて、立花勇貴って別人になったわけ」

「どうして、ふたりとも不知火高校に——」

「親は離婚してるけど、あたしたち兄妹は仲がよかったから。でも兄妹って名乗るわけにはいかないから、彼氏ってことにしといたの」

「その仲がよかった兄さんを殺すの」

「もう、かばいきれないのよ。兄の過去がばれそうになるたびに、ひとを殺してたら、きりがないわ。このままじゃ、兄がひとごろしで、あたしと兄妹なのもばれてしまう。そうなったら、せっかくのお嬢さまが台なしでしょう」

「たったそれだけの理由？」

「ううん。医者になるにも支障があるし、将来的に父の財産を相続するのも分け前が減るわ」

それに、と彩乃は笑って、

「そろそろ、ほんとうの彼氏も欲しいしね」

「——最低の女ね」

「あんたが悪いのよ。ひとがせっかく、恵や大学生が自殺したのは、玄田道生の祟《たた》りだっていってあげたのに。よけいなことを調べるから、こんなことになるのよ」

「テーブルターニングは、そのためにやったのね」

「そうよ。あんたが霊が見えるとかバカなこといってるから、ひっかかるかと思ったの。もっとも、あんたのダチの里奈って子は、せっせと噂を流してくれたけど」

「こんなことをしても、絶対に捕まるわ」

「あたしは、あんたたちとはちがうの。容姿もちがうし、家柄もちがう。持って生まれた運がちがうのよ。いざというときは、兄みたいに頭がおかしいふりをすれば、無罪になる」

あッははは、と彩乃は高い声で嗤って、扉を閉めた。

まもなく閂《かんぬき》をかける重たい音が響いた。

扉が閉ざされたせいで、地下室のなかには、むっとした熱気がこもっている。

三つの練炭からは赤い炎があがっているが、室内の酸素が減ったせいか、さっきにくらべて炎は弱まっている。

「──まさか、妹に殺されるとはな」

勇貴は床に倒れたまま、うわごとのようにつぶやいた。美咲は溜息をついて、

「悪いけど同情はできないわ。いままで、たくさんのひとを殺したんだから」

「──最初は、殺すつもりじゃなかった」

「最初って、通り魔事件のこと？」

勇貴は苦しげな顔でうなずいて、

「おれはガキの頃から勉強ができた。でも大成中学に入ったら、まわりはもっとできるや

つばかりで、おれは落ちこぼれになった。同級生に成績のことを冷やかされて、むかついてさ。そいつをぶん殴ったら大問題になって、転校させられたんだ」

「転校した中学はどうだったの」

「もうやる気がでなかった。とりあえず高校には入ったけど、成績は最悪だった。両親はうるさいし、毎日むしゃくしゃして、頭がおかしくなりそうだった。そんなときに通販でナイフを買ったんだ。誰かをおどしてやろうと思ってよ」

「誰かって」

「誰でもよかった。自分より弱そうなやつならな」

「それで中学生の女の子を殺したの？」

「だから、殺すつもりはなかったんだ。ちょっとおどかしてやろうと思っただけだ。でも、その子が大声で騒いだから――それからは、もうめちゃくちゃだ」

「むしゃくしゃする気持はわかるけど、そんな理由で、ひとを殺すなんて理解できない」

「おれだってわからない。気がついたら、そうなってたんだ」

「でも、そのあとも中学の同級生を殺してるじゃない」

「海老原と首藤か。あいつらは、おれをおどしやがったから仕方なくやった。でも、恵は殺したくなかった」

「どういうこと」

「おれは、あの子とこっそりつきあってたんだ」

「ほんとなの」

勇貴は不意に咳《せ》きこんで、ごぼごぼと喉《のど》を鳴らした。

唇から赤いものが垂れて、床に糸をひいた。

「——恵には、彩乃と兄妹だってことを打ち明けてた」

「だったら、なぜ」

「それを彩乃に気づかれて、噂が広まる前に——」

「殺せっていわれたのね」

返事はなかった。勇貴の眼は、曇ったガラスのように光を失っていた。

勇貴が事切れると、あたりに静寂が満ちた。

翔太は昏々《こんこん》と眠り続けているが、耕介と哲平は生死もさだかでない。

なんとかして翔太を起こそうかと思ったが、もし目覚めたところで、なすすべはない。

こんな絶望的な状況を知るよりも、意識を失ったままのほうが楽だろう。

そう思いなおして、声をかけるのはあきらめた。

地下室のなかは、練炭の熱で汗ばむほど暑くなってきた。息苦しさはないものの、意識がしだいに薄れてくるから、一酸化炭素の濃度が増しているのだろう。

たまらなく目蓋《まぶた》が重いが、眠ったら終わりだという気がする。

誰かに助けを求めようにもケータイは鞄《かばん》に入れたままだし、仮にケータイがあったところで、この部屋は圏外である。

「こんなところで、死にたくない」

美咲は、心のなかで叫び続けた。しかしその叫びは、猛烈な眠気とともに弱まっていく。

はっとわれにかえると、眠っていた。

そんな状態を何度も繰りかえしていると、突然、奇妙な感覚に包まれた。

軀《からだ》からなにかが抜けだしたような感触があったかと思うと、いつのまにか、床に横たわる自分の姿を天井から見おろしていた。

自分が自分を見ている。

けれども、宙に浮いている自分は軀が見えない。ただ視点だけが空中にある。

ゆうべ勇貴に首吊《つ》りを強要されたときも、おなじような状況になった。

三つの練炭を囲むように、五人が床に倒れている。

なんともいえない気分で、不思議な光景を眺めていたが、不意にあることを思いだした。

ゆうべは、いまのような状況で、勇貴たちの次の行動が見えた。

そのせいで窮地を救われたのだ。

あれが未来だとすれば、いまもおなじことができるのではないか。

美咲は、未来を見ようと懸命に念じた。

しかし、いくら試みても、地下室の光景に変化はなかった。

未来を見られないということは——つまり死ぬということか。

絶望に打ちのめされたとき、部屋の隅から巨大な影があらわれた。

「——死ぬのか」

地響きのような男の声が、地下室の空気を震わせた。

とたんに練炭の炎が消えて、あたりは闇になった。

「死ぬのなら、軀を貸せ」

耳元で男の声がした瞬間、ふたたび意識が途切れた。

十二

眼を開けると、白い天井が見えた。

蛍光灯の光がまぶしくて、顔をそむけた。そこに中牟礼が座っていた。

「無事でよかった」

中牟礼はそういって、太い息を吐いた。

あたりを見まわすと、病院のものらしいベッドに寝かされていた。

腕には点滴の管が刺さっている。

「あたし、どうなったんですか」

「もうすこし発見が遅れてたら、あぶないところだった。いや、練炭の燃えかたからすると、とっくに死んでてもおかしくない状況だった」

「ありがとうございました。助けてもらって――」

美咲が軀を起こそうとするのを中牟礼は制して、頭をさげた。

「すまなかった。ゆうべ美咲くんから連絡をもらっていたのに。もっと細かく調べておけば、未然に事件を防げたかもしれない」

「いいんです。あたしだって、こんなふうになるとは予想してなかったし」

「もうじき、ご両親がくる」

「みんなは――」

「翔太くんは、ここへ運ばれる途中で意識を取りもどした。耕介くんは、かなりの怪我だが、命に別状はないそうだ。しかし、あとのふたりは――」

　中牟礼はそういって、首を横に振った。

「彩乃ちゃん――彩乃はどうなったんですか。あの子がみんなを殺そうとしたんです」

「その子の所在は知らない。くわしく訊《き》かせてもらえるかな」

　美咲がこれまでのいきさつを語ると、中牟礼は急いで病室をでていった。

　中牟礼はまもなくもどってきて、

「もう大丈夫だ。吉川彩乃の身柄を押さえるよう手配した」

「どうやって、あたしたちを見つけたんですか」

「きょうの夕方、きみを学校の裏門で待ってたが、いつまで経ってもこないから――」

　不審に思った中牟礼は、鬼屋敷に電話した。鬼屋敷は、翔太に連絡したが、電話がつながらない。

　里奈と隼人に訊くと、翔太は美咲のあとを追ったという。

「これは絶対になにか起きてるって鬼屋敷さんがいうから、一緒に伊美山へいったんだ」

「あの病院だって、よくわかりましたね」

「ああ、病院の前にこんなものが落ちてたからね」

中牟礼は床に置いてあったスニーカーを拾いあげた。

スニーカーの裏地には、下手な字で二宮翔太と書いてある。

美咲は、くすりと笑った。

「そういえば、七月の事件のときも、あの病院へ現場検証にいったよ。伏見守くんと一緒にね」

「地下室にも入ったんですか」

「もちろん。あそこに守くんが閉じこめられたのが、事件の発端だったし」

「守くんは、どうしてるんでしょう」

「まだ病院じゃないかな。なにしろ、多重人格って診断がでたからね」

美咲は溜息《ためいき》まじりにうなずいて、

「それで、鬼屋敷さんは――」

「さっきまでここにいたが、帰ったよ。締切がまにあわないとかいって」

そのとき、ケータイの震える音がした。

中牟礼は胸ポケットに手を突っこみながら、病室をでていった。

入れちがいに、翔太が病室に顔をだした。

「なんか大変だったらしいね。おれはずっと寝てたけど」

翔太は、けろりとした顔で笑っている。

「ひとが死にそうになってたのに、よくそんなことがいえるわね」

「だって、しょうがねえだろ。薬を打たれたんだから。刑事さんが見つけてくれなかったら、おれだって死んでたんだ」

「ところでさあ。なんで、あたしのあとをついてきたのよ」

「それは――」

と翔太は口を尖《とが》らせて、

「誰かとデートでもするのかと思ってさ」

「マジでバカね。まあ、翔太も役にたったからいいけど」

「え、なんのこと?」

翔太が首をかしげたとき、中牟礼が険しい表情でもどってきた。

「まずいな。吉川彩乃が自殺を図った」

十三

一週間が経った。

立花勇貴と岩間哲平の死は、生徒たちを動揺させた。

みな事件の真相を知らないだけに、学年きっての優等生だった勇貴には、死を惜しむ声が多かった。

学校は例によって全校集会や保護者会を開いて、学校側に落ち度がなかったことを強調した。

テレビのワイドショーは、七月に起きた連続殺人事件や伊美山で続いた自殺にからめて、オカルト的な事件のように報道している。

彩乃は自殺を図ったものの、命は取りとめて、父親が経営する病院に入院している。

警察から、兄が死んだと聞かされたのが自殺の動機らしい。

美咲は狂言だと訴えたが、中牟礼によれば、いまだに面会謝絶で事情聴取ができないという。そのせいで、彩乃の犯罪は明るみにでていない。

美咲と耕介の証言で、佐々木恵とふたりの大学生――海老原淳也と首藤直之の自殺は、勇貴と哲平が仕組んだものだと警察は理解したようだが、断定には踏み切れない様子だった。ふたりの証言以外に、勇貴たちが殺人を犯した証拠がないというのが理由である。

学校はプライバシーの保護を理由に、事件のことはもちろん、勇貴が連続通り魔事件の犯人だったのも口外しないよう、美咲たちに釘《くぎ》を刺した。

耕介は殴打による傷と肋骨《ろっこつ》の骨折で、いまだに入院している。

美咲たちは何度か見舞いにいったが、八人部屋の粗末な病室で、付添いもいなかった。

耕介によれば、哲平を刺したことで傷害致死になる可能性があるという。

「両親は、それで愛想をつかしたみたいで――」

「あの状況なら、正当防衛じゃないの。それに哲平を殺したのは、勇貴と彩乃でしょう」

と美咲はいったが、耕介は首を横に振った。まだ顔面に残る絆創膏《ばんそうこう》が痛々しい。

「直接の死因は出血多量だってことで、傷が治ったら逮捕されるかもしれません」

「ひどい。そんなバカな話ってあるの」

「まあ、哲平くんを刺したのは事実ですから」

「耕介くんが助けてくれなかったら、あたしたちは死んでたのよ」

「助けるもなにも、ぼくもやられちゃったから、なんの役にもたってません」

「そんなことないって。裁判になったら、あたしがちゃんと証言する」

「いいんです。なんかふっきれました」

と耕介は笑った。

「いままで、いろんなことを他人や世の中のせいにしてきたけど、ちがうって思ったんです。ひとを頼りにする前に、自分の力でやらなきゃって」

「でも、ひとりじゃできないことだってあるよ。自分ばかり追いつめなくても――」

「大丈夫です。もっと自分の力を試してみたいんです」

だから、と耕介は続けて、

「ぼく、大学へいかないで就職します。もう親の意見に振りまわされたくないし、ひとりでやってみます」

美咲は、ただうなずくしかなかった。

十四

その日は編集会議だったが、文芸部のメンバーは鬼屋敷の家を訪れた。

今回の事件では、鬼屋敷の協力がなければ、美咲たちは命を落としていた。

その件で、あらためて礼をいうのが目的である。

手ぶらでいくのも気がひけて、みんなで小遣いをだしあって、日本酒の一升瓶を買った。

鬼屋敷はきょうも締切があるといいつつも、しぶしぶ四人を招き入れた。

ただでさえ本で埋め尽くされた部屋に、大人数が押しかけたせいで、身動きもできない。

ひとしきり礼をいったあと、美咲が日本酒を差しだすと、鬼屋敷は鼻を鳴らして、

「これは酒塩用だな」

「酒塩って、なんですか」

「料理に使う酒だよ。要するに呑《の》めんということだ」

「でも、ふつうの酒屋さんで買ったお酒ですよ」

「あのね」

と鬼屋敷はいった。

「酒ならなんでも呑むと思ったら大まちがいだ。こんな安物は呑まん」

里奈が頬を膨らませて、

「ひどい。みんなで選んだのに」

「きみはいつもそうだな。みんなで選んだのにとか、あたしががんばったのにとか、プロセスはどうでもいいんだ。結果として、まずい酒がここにある。それが問題なんだ」

里奈はさらに頬を膨らましたが、翔太は笑って、

「わかった。先生は照れてるんでしょう」

「なんで、おれが照れるんだ」

「自分の子どもみたいな高校生が、たくさんお礼をいいにきたからですよ。だから照れ隠しに、酒をけなしてるんじゃないですか」

そっかあ、と里奈も笑って、

「先生って、意外とツンデレだったりして。あ、男の場合はオラニャンか」

「バカげたことをいうな」

鬼屋敷は言葉の意味を知ってか知らずか、顔を真っ赤にして怒鳴った。

「だいたい、うちにくるようなひまがあったら、作品を書いたらどうなんだ。文化祭までに部誌を作るんじゃなかったのか」

「でも事件からまもないし、みんな集中できないんです」

と翔太がいった。

「そんなこっちゃ、いつまで経っても小説なんか書けんぞ。いったん書くと決めたら、雨が降ろうが槍《やり》が降ろうが――」

鬼屋敷はしばらく説教をしてから、ようやく気がすんだように煙草に火をつけて、

「ところで彩乃って子は、まだ病院にいるのかね」

「ええ。面会謝絶っていうけど、父親の病院だから怪しいんです」

「自殺未遂も含めて、引き延ばし工作の匂いがするな。その病院を経営してる父親は政界にも顔がきくし、裁判になれば腕利きの弁護士も雇うだろう。彼女の罪を立証するのは、かなりむずかしいかもしれん」

「――そんな。彩乃は罪に問われないっていうんですか」

「十六歳だから刑事罰の対象にはなり得るが、状況からみてそこまではいかんだろう。もっとも重い処分でも少年院送致だな。精神的な病と判断されれば、勇貴とおなじく医療少年院に収容される可能性もある」

「少年院って、いちばん長くてどのくらい入るものなんですか」

「少年院の収容期間は、原則として二年だ」

「あれだけのことをやって、たった二年ですか」

「いや、殺人や傷害致死といった凶悪犯罪の場合は、原則として二年以上収容される。しかし過去の例からみれば、いくら長くても五、六年で社会へでてくるだろう」

「五、六年でも短すぎるよ」

「また勇貴みたいに名前を変えて、生活するのかな」

「ネットにでも書きたてられればね。少年犯罪の場合、プライバシーは保護されているから、基本的に実名が公表されることはない」

「あんな奴のプライバシーなんて、保護する必要があんのかよ」

「あたしはみんなにいいたくて、うずうずしてるんですけど」

と里奈がいった。

「実名を伏せるのは、更生のために必要な措置だとは思うが、最近は公表すべきだという意見も多い。法的に拘束力はないから、加害者の写真や実名を独断で報道したメディアもある」

「テレビを観てると、被害者のほうは写真や実名がでますよね」

「そこも問題になっている。被害者側は精神や肉体が傷ついているのに、報道合戦に巻きこまれて、連日取材に追いまわされる。そのうえプライバシーを全国的にさらされるんだからな」

鬼屋敷は苦い顔で、煙草を揉《も》み消した。

「ちくしょう。なんとかして、彩乃に罰を与える方法はないかな」

「それこそ玄田道生を誰かに取り憑《つ》かせて――」

と里奈がいいかけたとき、美咲は首を横に振って、

「ちょっと。怖いこといわないで」

そのとき、地下室で聞いた声が耳に蘇《よみがえ》った。

「――死ぬのなら、軀《からだ》を貸せ」

とたんに胴震いがして、首筋が寒くなった。

あれは玄田道生の声だったのか。あるいは、一酸化炭素中毒による幻覚なのか。

けれども、あのとき自分が自分を見ていた映像は、現実としか思えないほど鮮明だった。

ただの幻覚でない証拠に、勇貴から自殺を強要されたときも、おなじ体験をした。

そのことを鬼屋敷にいうと、

「美咲くんが体験したのは、幽体離脱だろう」

「幽体離脱？」

「ああ。自分と瓜二つの人物を本人もしくは他人が目撃するのは、ドッペルゲンガーと呼ばれている。しかし幽体離脱の場合は、自分の軀から自分が抜けだすんだ。そして多くの場合、寝ている自分の姿を見ている。臨死体験者――つまり生死の境をさまよった者に、そういう経験が多い」

「いわれてみれば、どちらも命があぶない状況でした」

「といって、必ずしも生命の危険がないと、幽体離脱が起きないわけじゃない。ひとによ

っては、ふだん寝ているときに、そういう現象が起こったりもする。霊能者のなかには、意図的に幽体離脱ができる者もいるらしい」

「あたしの場合、最初にそうなったときは、これから起こることが見えたんです。二回目は、自分の姿しか見えませんでしたけど」

「一説によれば、幽体離脱をしていると、過去と未来を自由に行き来できるという」

「どうして、そんなことができるんでしょう」

「あくまで仮定の話だが、幽体離脱というのは、人間の躯から意識だけが抜けだした状態だ。意識には時間も空間もない。したがって時空を超えられるんだ」

「えッ」

と里奈が声をあげた。

「意識には時間も空間もないって、ぜんぜんわからないんですけど」

「夢を考えてみれば、よくわかる。夢というのは、時間も空間も入り乱れているだろう。でてくる人物も、自分がいる場所もめちゃくちゃだ」

「たしかにそうですね」

「すごく長い夢を見たと思っても、実際には何秒も経っていない。たとえば膝《ひざ》を立てて寝ると、高いところから落ちる夢を見る。これなんかは膝がストンと落ちた瞬間に、意識のなかで夢を構築していると考えられる。つまり一秒にも満たないあいだに、長い時間を経験してるんだ」

鬼屋敷はまた煙草に火をつけて、

「ひとが死ぬ直前に、自分の過去を走馬灯のように見るというのも一瞬のあいだだし、交通事故なんかに遭ったとき、あたりの状況がスローモーションのように見えたというだろう」

「あ、それ、おれの友だちもいってました」

と隼人が口を開いた。

「バイクで事故って、宙に投げだされたとき、塀のむこうで、おじいさんが盆栽に水をやってるのがはっきり見えたって」

「もっと簡単な例をあげれば、人間がイメージする力は光より速い。現在観測されているなかで、もっとも地球から遠い銀河は、百三十億光年の彼方にある」

「億年じゃなくて、光年ですか。光で百三十億年かかるっていったら――」

「とてつもない距離だ。しかしそれをイメージするのは、一瞬でできる。むろんイメージしたからといって、そこに到達したことにはならないが、認識のうえでは時空を超える。過去へも未来へもいけるというのも、おなじ理屈だ」

「じゃあ、実際にはいけるかどうか、わからないんですね」

「いや、事の真偽はべつにして、そういう体験をしたという人物は実在する」

「意識だけの存在って、幽霊みたいなもんですよね」

「かもしれんな」

「ってことは、幽霊も過去と未来を行き来できるってことですよね」

「その可能性もあるね。いまだに鎧《よろい》武者の幽霊がでるなんていうのは、幽霊がその場にとどまっていたんじゃなくて、未来にきたともいえる」

「玄田道生の霊がそんなふうになったら、怖いな」

「それで心配なことがあるんです」

と美咲がいった。

「樹坂磨宮さんは、玄田が地下室に封印されてるっていってましたけど、今回の事件で封印は破られたんじゃないかと思うんです。ということは、玄田がまた誰かに憑依《ひょうい》して――」

鬼屋敷はそこで首をかしげて、

「その樹坂さんとは誰かね」

「忘れたんですか。先生が紹介してくれた霊能者の女性ですよ」

「樹坂磨宮？　そんな女性は知らんぞ」

「――えッ」

「きみにいってなかったかな。知りあいの霊能者は都合がつかなくて、紹介できなかったんだ」

「じゃあ、あの樹坂磨宮さんは——あの女性は誰なんですか」

「知らんな。まったく見当がつかん」

美咲は愕然《がくぜん》として、宙をあおいだ。

十五

病室とは思えないほど広い窓からは、街の夜景が見える。

彩乃はケータイを片手に、キングサイズのベッドに寝転がっていた。

大画面の液晶テレビ、パソコン、ジャグジーとシャワー、ウォークインクローゼットに応接用のソファまでついた豪華な個室である。

ふつうに入院したら、一流ホテルなみの料金がかかるらしいが、父の病院だから気兼ねはない。

ケータイで、いつもチェックするブログを見ていると、星占いのリンクがあった。

なにげなくクリックしたら、来週の運勢が表示された。しかし自分の星座のところで、エラーが起きて読みこめない。最初からサイトに入りなおしても、結果はおなじだった。

「もう、むかつく」

彩乃はケータイを放りだして、テレビに眼をむけた。

画面では、若手のお笑い芸人が観客を沸かせている。

ふと、手首の包帯が汚れているのに気がついて、看護師を呼んで巻きなおさせた。

看護師は二十代なかばくらいの女で、自分が院長の娘と知ってか、召使いのように従順である。

ナースコールをすると、息せき切って病室に飛びこんでくる。それがおもしろくて、しょっちゅう呼びつけるが、いいかげんで飽きてきた。

病院生活も一週間になると、退屈で仕方がない。

表向きは面会謝絶だから、誰も見舞いにこないし、電話もできない。

そのせいで、よけいにひまを持てあます。

けれども面会謝絶を解いたり、退院したりすれば、警察の事情聴取が待っている。

父は優秀な弁護団を組織しているから、もうすこし我慢しろという。

自殺未遂といっても、手首をごく浅く切っただけだから、傷はほとんど癒《い》えている。

むろん死ぬつもりなどさらさらなく、入院するための口実である。

手首の傷だけでは長く入院できないから、精神的な後遺症を理由に、警察と逢《あ》うのを拒んでいる。精神的な病を装っておけば、裁判になったときも有利になる。

顧問弁護士の話では、美咲の証言さえ覆せば、なんの問題もないという。万一、犯行が立証されても、責任能力がないと判断されて、罪に問われることはないらしい。

とはいえ、すこしでも拘束されるのはいやだから、なんとかして無実を勝ちとりたい。

あのとき、美咲の口を封じておけばよかったと、いまさらのように悔やまれる。

美咲さえいなければ、すべては順調だったのだ。

「――あの死にぞこないめ」

彩乃がひとり罵《ののし》ったとき、ケータイが鳴った。

父かと思って電話にでると、烈しい雑音とともに、男のしわがれた声がした。

「――ニハメ――ニワハ」

それだけで電話は切れた。

あらためて着信履歴を見ると、なにも表示されていない。

「なにこれ、イタ電？」

彩乃は舌打ちをして、ケータイをベッドの脇のテーブルに置いた。

ふたたびテレビを観はじめたが、チャンネルを変えても、興味のある番組はない。

そのうち目蓋《まぶた》が重くなって、うとうとしはじめた。


どのくらい眠ったのか、眼を覚ますと、やけに肌寒かった。

室内の温度がさがったような気がするが、エアコンはちゃんと動いている。

背筋がすうすうするから、風邪をひきかけているのかもしれない。

看護師に毛布を持ってこさせようかと思ったとき、部屋の照明が消えた。

彩乃は枕から頭をもたげて、窓の外を見た。

停電にしては夜景に変化がないが、テレビの電源も切れて、画面は暗くなっている。

その画面の隅に、白いものが映っている。

とっさに振りかえると、ベッドのそばに男が立っていた。

手術帽にマスクをして、白衣を着ている。

一瞬、主治医かと思ったが、こんな時間に病室にくるはずがない。

あるいは宿直のインターンでもまぎれこんだのか。

「あんた誰よ。早くでていかないと、クビにするわよ」

彩乃は怒鳴ったが、男は黙ったまま、白衣のポケットから注射器を取りだした。

よく見れば、手には手術用のゴム手袋をはめている。

「ちょっと、なにする気なの」

彩乃があとずさると、男はすばやい動きで迫ってきた。

身をひるがえして、ナースコールのボタンに手をかけた瞬間、首筋に鋭い痛みが走った。

気がつくと、頭痛とともに吐き気がした。

喉《のど》になにかがつかえているような感触に、ベッドからでようとしたが、軀《からだ》が動かない。

彩乃は掛け布団をめくったとたん、あッ、と叫んだ。

腰と太腿《ふともも》と足首が、白いバンドでベッドに固定されている。

暴力や自傷癖など、問題行動のある患者に用いる抑制帯である。

しかも抑制帯の上には、何重にも鎖が巻かれ、大きな南京錠がついている。

ぎょっとして、あたりを見まわすと、枕元にさっきの男が立っていた。

思わず悲鳴をあげそうになったが、男はマスクの口元に、左手のひと差し指をあてて、

「声をださないほうがいい」

洞窟《どうくつ》の奥から聞こえてくるような、しわがれた声だった。

男の右手に手術用のメスが握られているのに気づいて、彩乃は悲鳴を呑《の》みこんだ。

照明は消えたままだったが、街の夜景が明るいせいで、病室のなかはどうにか見える。

しかし男の目元は影になって、表情が読めない。

「――おまえは運が強いそうだな」

と男はいった。

「容姿はまあまあで、軀は健康で、家は大金持ちだ。たしかに、それなりの運はある」

「あんたは誰なの。ここで、なにをするつもりなの」

「いまから、おまえに自分の運を試してもらう。その前に、こいつの仕組みを説明しておこう」

男はそういって、床を指さした。

モーターのような機械がそこにあった。

機械のなかからは、ピアノ線のような糸が伸びている。

「釣り用の電動リールを改造したものだ。スイッチはないが、これで作動する」

男が軽く両手を叩《たた》くと、リールがまわりだした。床に垂れた釣糸が巻きとられていく。

「音センサーだ」

しかし男がまた両手を叩いても、リールはまだ動いている。

「いったん作動したリールを止めるには、電源を抜くしかない。そこで問題なのは、このリールが巻きとる釣糸が、どこへつながっているかだ」

男は、彩乃の頭上を顎《あご》でしゃくった。

いつのまにか、ベッドの横に点滴台があって、大きなビーカーが吊《つ》りさげられている。

ビーカーのなかには、透明な液体がなみなみと入っている。

眼を凝らすと、底に釣糸が貼りつけてあるのに気づいた。

釣糸は、リールの回転とともに巻きとられていく。

まもなくビーカーが傾いたと思ったら、ばしゃッ、と頭から液体をかぶった。

「きゃッ」

冷たい感触に、思わず悲鳴をあげた。頭から胸元まで、ずぶ濡《ぬ》れになっている。

「心配するな。いまのは水だ」

「なんで水なんか、かけるのよッ」

彩乃は怒鳴って、パジャマの袖《そで》で濡れた顔をぬぐった。

男は機械の電源を抜くと、ビーカーと釣糸をもとの位置にもどして、

「次は、これを入れる」

なにかの薬品らしい液体の入った瓶を取りだした。

男は慎重な手つきで、瓶の中身をビーカーに注いだ。

ビーカーの液体から、幽《かす》かに煙があがっているように見える。

そのとき、瓶の口からしずくが垂れて、ベッドの端に落ちた。

とたんに、しゅッ、と煙があがって、布地に焦げたような穴があいた。

「――なんなのよ、それ」

「濃硫酸だ」

男はこともなげにいって、

「ゲザ・ド・カプラニーを知ってるか」

「知らない。そんなことより、なんで硫酸をそこに吊るしてんのよ」

男は答えずに話を続けた。

「カプラニーはハンガリー人の麻酔医で、カリフォルニアのサンノゼの病院で働いていた。当時三十六歳だった彼は、美人コンテストの女王だったハジナを強引に口説き落として結婚した。しかしカプラニーは結婚後まもなく性的不能に陥り、妻のハジナに嫉妬《しっと》をするようになった。自分が留守のときに、誰かと浮気をしているんじゃないかとな。そこでカプ

ラニーはハジナが浮気をしないよう、彼女を『固定《フィックス》』することを決心した」

「固定って――」

「一九六二年八月二十八日、カプラニーの住むアパートの部屋では、朝から大音量で音楽が鳴っていた。その音楽にまじって、女の悲鳴が聞こえる。アパートの住人は不審に思って、彼の部屋を訪れたが返事はない。仕方なく警察へ連絡して、様子を見るよう頼んだ。やがてアパートに到着した警官が部屋を訪れると、カプラニーがドアを開けた。彼は下着一枚にゴム手袋という異様な姿だったが、汗まみれの顔で、にやにや嗤《わら》っていた。警官が部屋に踏みこむと、ハジナは虫の息でベッドに縛りつけられていた」

彩乃は、ごくりと唾《つば》を呑んだ。

「ハジナは顔から爪先まで、全身をメスで丹念に切り刻まれていた。さらにその傷口に、塩酸と硝酸と硫酸を注ぎこまれていた。彼女は病院に運ばれたが、体表の六十パーセントに腐食性の火傷《やけど》を負っていた。特に火傷がひどかった胸と性器は、ほとんど消失していた。看護師が軟膏《なんこう》を塗ろうとすると、彼らの指先も軀《からだ》に残った酸で火傷した。そんな状態でも、ハジナはひと月近く生きていた。ベッドのそばでは母親が、早く娘を死なせてやってくれと祈っていたという」

男は淡々とした口調で語っているが、彩乃は胸が悪くなった。

「カプラニーは裁判で心身喪失による無罪を主張したが、いったんは終身刑の判決をくだされた。しかし議論の末に十三年の服役だけで釈放され、医療派遣団のメンバーとして台湾に渡っている。彼はそこで心臓病の専門医として働いたそうだが、むろん心臓病に関する知識はない。一説にはいまも存命で、再婚もしているという」

男はそこで言葉を切って、

「どうだ、うらやましいだろう」

「なにがうらやましいのよ」

「これだけの罪を犯しながら、たった十三年の懲役ですんだことだ。おまえとおなじで、悪運の強いやつだ」

「そんな気味の悪い話をして、あたしになにをしようっていうの」

「なにもしない」

と男は首を横に振って、

「もうじき機械の電源を入れる。それ以降は、とにかく静かにしていることだ。幸いこの部屋は防音設備が整っているようだから、外部の音をセンサーが感知することはないだろう」

「なんなのよ、それ。朝までじっとしてろっていうの」

「そうできれば、いちばんいい」

「無理よ。朝になったら、看護師がくる。黙っているわけないじゃない」

「そこで、おまえの運が問われる。しかし我慢ができないのなら、脱出する方法はある」

男は手術用のメスを枕元に置いて、

「おまえを拘束している鎖には、南京錠がついている。静かにそれを開ければ、ベッドから離れることができる」

「どこに鍵《かぎ》があるのよ」

男は、彩乃のみぞおちを指さした。

「——なんですって」

「さっき、おまえが薬で眠っているあいだに、鍵を飲みこんでもらった」

目覚めたときに、なぜ吐き気がしたのか、ようやくわかった。

「鍵はたぶん胃のなかにある。小腸までいくと、あるいは十二指腸かもしれない。いずれにせよ、まだ小腸には達していないはずだ。小腸まで鍵を探すのは厄介になるから、作業は早いほうがいい。吐きだせれば簡単だが、あいにく鍵が大きい。飲みこませるだけでひと苦労だったから、まず吐きだすのは無理だろう」

「まさか、このメスで鍵を取りだせっていうんじゃ——」

「そのとおり。いや、取りださなくてもかまわない。さっきもいったとおり、ただ静かにしているという選択肢もある」

「もし硫酸をかぶったら、どうなるのよ」

「眼に入れば、瞬時に失明して眼球は溶解する。顔面の皮膚は脱水して、黒くケロイド状の火傷を負う。助けを呼んでも、手当を受ける頃には原形をとどめないから、整形しても修復は無理だろう。両手で顔を覆えば、失明はまぬがれるかもしれないが、手は焼け爛《ただ》れて骨が露出する。いずれにせよ、これだけの量の濃硫酸を浴びれば、ただではすまない」

「――冗談じゃないわ」

「冗談にするかどうかは、おまえしだいだ。医者を目指しているのなら、胃を切開するくらい簡単な手術だろう。上手に切れば、手術痕《あと》も残らない」

「なんで、あたしが医者を目指してるって知ってるの。あんたは、いったい誰なのよ」

「おまえは罪を償うんだ。質問する立場にはない」

「罪って、なんの罪よ。もしかして、あたしが兄さんを――」

と彩乃がいいかけたのを、男は掌《てのひら》で制して、

「それ以上、質問を続けるなら、機械の電源を入れる」

待って、と彩乃は叫んだ。

「麻酔もなしに自分の軀を切れるわけないでしょう。それに胃を切開したら、出血多量で死んじゃうじゃない」

「胃を切ったくらいでは、簡単に死なん。腹部には太い血管がないからな。切腹をして十時間以上、生きていた記録もある。最悪の場合は、メスで手首の動脈を切るか、頸《けい》動脈を

掻《か》き切れば、みずから命を絶てる」

彩乃は声を震わせて、

「どれもいやよ。なんでもするから助けて――」

「自分で助かるほうに賭《か》けろ。おまえは強運の持主だろう」

男は機械の電源を入れると、踵《きびす》をかえした。

とっさに呼び止めようとして、はっとした。もう絶対に声はだせない。

男は病室の入口でマスクをはずすと、ちらりと振りかえった。

その顔を見た瞬間、喉《のど》の奥から絶叫がせりあがってきた。

彩乃は両手で、息が止まるほど口を押さえて、白衣の背中を見送った。


その夜、美咲は遅くまで眠れなかった。

早めにベッドに入ったものの、磨宮のことが頭にひっかかっている。

「樹坂磨宮？　そんな女性は知らんぞ」

と鬼屋敷はいった。

あれから何度も確認したが、鬼屋敷は、ほんとうに彼女を知らないようだった。

となると、磨宮はいったい何者なのか。

鬼屋敷が紹介したわけでもないのに、なぜ自分のことを知っていたのか。

玄田道生のことも知っていたようだし、佐々木恵やふたりの大学生が自殺ではないのも見抜いていた。霊能者なのはたしかだろうが、偶然に逢《あ》ったとは思えない。

さらに不可解なのは、磨宮に既視感をおぼえたことである。彼女には過去にも逢った気がしてならないが、それがいつで、どんな場所だったのかは、まったく思いだせない。

あれこれ考えているうちに、ますます眼が冴《さ》えてくる。

ふと、どうせ眠れないなら、あることを試してみようと思いたった。

鬼屋敷によれば、霊能者のなかには、意図的に幽体離脱ができる者もいるという。やりかたは知らないが、二度もそうした体験をしただけに、なんとなく自分にもできるような気がした。

美咲はあおむけになって、目蓋《まぶた》を閉じた。全身の力を抜いて、ゆっくりと呼吸をしながら、自分の意識だけが軀から抜けだす様子をイメージした。

しかし何度か試みても、まったく変化はない。

皮肉なもので、いまさらのように睡魔が襲ってきた。

「できるわけないか」

半分眠りかけたまま、そうつぶやいたとき、なんとなく軀が軽くなったような感じがした。もう眠ったのかと思ったが、意識はしだいに鮮明になってきた。

美咲は恐る恐る目蓋を開けた。

しかし真っ暗で、なにも見えない。

不安になって頭をもたげると、なにかにひっぱられるような感触があった。

それを振りきって軀を起こした瞬間、不意に視界が開けた。

いつのまにか視点は宙に浮いて、ベッドで寝ている自分を見おろしている。

「——できた」

口にだしたつもりだったが、声にはならなかった。

軀の感覚はなく、ただ視力だけがある。

事実、宙に浮いている自分の軀は見えない。あるいは夢かもしれないと思ったが、それにしては、あたりの景色に曖昧《あいまい》なところがない。

ベッドの上で、口を半開きにしている自分の表情やシーツの皺《しわ》まで、はっきりと見える。

試しに部屋を移動してみても、視点が宙にあるということ以外は、ふだんものを見ているのと変わりない。しかし、ちがう場所ならどうなるのか。

ふと一階へおりてみようと思ったとたん、もう自分は一階にいた。

母は寝室でいびきをかいていたが、父はリビングに寝転がって、テレビの洋画を観ていた。氷の溶けかけたウイスキーの水割りを啜《すす》りながら、あくびを嚙《か》み殺している。

美咲はますます不思議になって、今度は家の外へでてみようと思った。

その瞬間、もう家の前にいた。

リビングのほかは明かりの消えたわが家の庭を、近所で飼っている虎猫が横切っていく。

夜空には雲ひとつなく、星がまたたいている。

やはり思った瞬間に、その場所にいる。

意識には時間も空間もないと鬼屋敷がいったのは、このことなのか。

鬼屋敷は、幽体離脱をしていると、過去と未来を行き来できるともいった。

あの廃病院の地下室では、未来は見えなかった。

しかし過去にはいけるかもしれない。

もし過去にもどれたとして、なにを見るべきか考えた。

そのとき、磨宮のことが浮かんできた。

いつどこで、彼女に逢ったのか。それを確かめようと思った。

しかし次の瞬間、美咲は意外な場所にいた。


夏らしい強い西日があたりを照らしている。

駅前の雑踏のなかに自分の姿が見える。翔太と里奈と隼人が一緒にいる。

この光景は、いつのものなのか。

四人を見おろしながら考えていると、誰かがひとごみのなかから近づいてきた。

「アイスクリームくらいはおごるよ」

聞きおぼえのある声に眼を凝らすと、刑事の中牟礼だった。

中牟礼が手招きすると、四人は歓声をあげて、あとをついていく。

それを見た瞬間、いまがいつなのかがわかった。

磨宮といつ逢ったかが知りたいのに、どうしてこんな過去へきてしまったのか。

この先は、もうわかっている。

駅前の広場には露店がならび、焼そばや焼いか、焼とうもろこしにお好み焼といった香ばしい匂いが漂ってくる。

「ああ、いい匂い――」

「こんな匂い嗅《か》いだら、腹が減ってしょうがねえよ」

里奈と翔太が口々にいった。

「マジで旨《うま》そうな匂いだなあ」

と隼人も不安げな顔をほころばせた。

「――変だな」

中牟礼が鼻をこすりながら、首をかしげた。

美咲は――過去の自分は眼をしばたたいて、

「なにが変なんですか」

「焼そばも焼いかも、なんにも匂いがしない」

中牟礼がそういったとき、美咲の表情が曇った。

玄田に憑依《ひょうい》された者は嗅覚《きゅうかく》を失う。それを思いだして、中牟礼を疑ったのだ。

このあと、自分たちはどうなったのか。

美咲は宙を漂いながら、懸命に記憶をたどった。

中牟礼にアイスクリームをおごってもらって、みんなで食べた。

それから、なにごともなく別れたはずだが、絶対にそうだったとはいいきれない。

いま中牟礼がカップ入りのアイスクリームを抱えて、露店からもどってきた。

みんなは広場のベンチにかけて、アイスクリームを食べはじめた。

美咲も匙《さじ》を動かしているが、ふた口ほど食べたところで手を止めた。どうしたのかと思っていると、不意に隼人が前かがみになって、

「――なんか、腹が痛くなってきた」

「おれも」

と翔太が両手で腹を押さえた。

「急にお腹を冷やしたからじゃない」

と里奈がいったが、まもなく彼女も腹痛を訴えた。中牟礼が首をかしげて、

「おれは平気だけどなあ。美咲くんも大丈夫だろ」

「ええ。でも、あたしはすこししか食べてないんです。せっかく買ってもらったのに悪い

けど、ちょっと変な味がするから――」

「さっきの店に文句いってこようか。露店のなかには不衛生なところもあるっていうし」

中牟礼がそういっているあいだに、三人の顔が青ざめてきた。

三人とも額に玉のような汗が浮いている。

「心配だから病院へいこう。すぐそこの駐車場に車がある」

彩乃はベッドのなかで息を殺していた。

あいつが去ってから、どのくらい経つのか。まだ十分くらいの気もするし、何時間も経ったような気もする。恐怖と緊張で時間の感覚が失《う》せている。

あいつがなぜ、あんな姿であらわれたのかわからない。悪夢を見ていたような気がするが、あれが現実だった証拠に軀《からだ》は動かない。

彩乃は右手にメスを握って、点滴台に吊《つ》られたビーカーを見つめている。

いまにもなにかの物音がして、ビーカーが傾きそうな気がする。

濃硫酸を浴びるくらいなら、メスで喉《のど》を掻《か》き切ったほうがましだ。そう思ってメスをかまえているが、いざというとき、ほんとうに死ねるかどうかわからない。

本音をいえば死にたくない。なんとしても死にたくない。

といって、ふた眼と見られない姿になるのは死ぬより厭《いや》だ。

なぜ、すべてに恵まれた自分がこんな目に遭わねばならないのか。

悔しさに嗚咽《おえつ》しそうになるが、泣くこともできない。

彩乃は唇を噛み締めて、無限とも思える時間に耐えた。

けれども、時間は無限ではない。

もうじき朝になったら、計ったように看護師がやってくる。

あの女を黙らせる方法はないかと必死で考えた。この病室に物音をたてないよう入らせて、無言でビーカーをはずさせれば、すべては無事に解決する。

しかしいくら考えても、看護師にいまの状況を伝える方法を思いつかない。ベッドから動けない以上、電話はもちろん、物音をたてるなとメモを書いて見せることもできない。

もっとも、メモを書いたところで、病室に入ってくるときには、朝のあいさつくらいはするだろう。そこですべては終わりだ。

皮肉なことに、ナースコールのボタンには手が届く。看護師はいつでも呼べるが、呼べば濃硫酸を浴びるはめになる。

つまり看護師がくる前にベッドを脱出するしか、助かる道はなかった。

しかも、その選択肢はふたつしかない。

自分で頸《けい》動脈を切って死ぬか、胃を切開して鍵《かぎ》を取りだすか。

彩乃は何度か、自分の首にメスをあてがった。しかし、いっこうに手は動かなかった。

といって麻酔もなしで苦痛の声もあげずに、自分の腹を切ったりできるはずがない。

「――でも」

と彩乃は胸のなかでつぶやいた。

首を切るのも腹を切るのも、痛いのに変わりはない。怖いのにも変わりはない。

ならば、ただ死を選ぶより、鍵を取りだす努力をしてみるべきかもしれない。もし苦痛に耐えきれなければ、そのときこそ頸動脈を掻き切ればいい。

そもそも、将来は医者になるはずだった。あいつの思惑どおりになるのは癪《しゃく》に障るが、医者なら自分の胃を切開するくらい、恐れることはない。

手術の経験はないものの、解剖学の本は何冊も読んでいるし、胃癌手術のビデオも見たことがあるから、だいたいの見当はつく。

「そうだ。あたしは医者になるんだ」

自分にそういい聞かせると、勇気が湧いてきた。

医者になって、この病院を継いで、いまよりもっと豊かな生活をしてやる。

しかしその前に、あいつに復讐《ふくしゅう》をしなければならない。この苦しみの何百倍もの仕返しをしてやらねば、気がおさまらない。そのためには、絶対に生き延びねばならない。

彩乃はパジャマの胸をはだけて、みぞおちにメスをあてがった。

メスを握った右手が汗でぬるぬるする。メスの刃も細かく震えている。

窓から射しこむ夜景の明かりに、白い肌が浮かんでいる。それを見つめていると、また嗚咽がこみあげてきた。

このきれいな皮膚を切り裂くのは、どんな苦痛にもまさる気がした。

しかし濃硫酸を浴びれば、それどころではない。

「生きて、あいつに復讐するんだ」

彩乃は萎《な》えそうな気持を、怒りで奮いたたせると、みぞおちにメスを突きたてた。焼けるような痛みが走ったが、それにかまわずメスを縦に切りおろした。

傷口からぶつぶつと血が噴きだして、脇腹に垂れていく。

彩乃はさらに脂肪層を切り、筋肉を切った。

アドレナリンで全身がたぎっているせいか、想像したよりも痛みはすくなかった。

しかし腹膜を切開して、腹腔《ふっこう》に左手を差しこんだ瞬間、悲鳴が洩《も》れそうになった。

血がでるほど唇を噛《か》んで耐えたが、激痛で意識が遠のいた。

いつのまにか失禁したらしく、なまぬるい液体で股間《こかん》が濡《ぬ》れている。

出血のせいか、顔から血の気がひいて、貧血を起こしそうだった。

ぞっとするほど冷たい汗が軀じゅうに噴きだしている。

鉗子《かんし》はないし部屋は暗いから、手探りで胃を切るしかない。腹腔をまさぐりながら、ようやく胃とおぼしい臓器をつかんだときには、猛烈な吐き気と痛みが襲ってきた。

しかし声をあげてはならない。喰《く》いしばった奥歯がぎりぎりと鳴ったが、その音さえセンサーに感知されそうでおびえが走る。

恐怖で硬くしこった胃にメスを入れたとたん、軀がよじれるような痛みとともに、夕食らしい米粒や野菜の破片があふれてきた。腹腔内にこぼせば、確実に炎症を起こす。震える手でそれをつかみだしていると、吐き気が衝《つ》きあげてきて、口から血泡が噴きこぼれた。

未消化物を取りのぞいて、胃のなかに指先を入れたが、おびただしい血と体液にまみれて、どこを触っているのかわからなかった。

激痛で意識を失いかけては、さらなる激痛で眼を覚ますのを繰りかえしている。

こんな苦痛に耐えるのなら、もう死んだほうがましだと思った。

そのとき、指先に硬い金属の感触があった。

胃袋からだした右手には、血まみれの鍵が鈍く光っていた。

「――やった」

彩乃は痛みも忘れて、軀を起こした。

南京錠を開けると、下半身を縛りつけている鎖がほどけた。

あとは抑制帯をはずすだけだ。左手で傷口を押さえながら、右手をそこに伸ばしたとき、ベッドの脇のテーブルでなにかが光った。

次の瞬間、ケータイの着メロが病室に鳴り響いた。

中牟礼にうながされて、美咲たちは歩きだした。

こんな光景は記憶にない。

アイスクリームを食べたあと、なにごともなく帰ったのではなかったのか。

中牟礼の車は普通車に見えたが、グローブボックスの下に無線機があるから、覆面パトカーらしい。美咲は助手席に乗り、翔太たちは後部座席に座った。

中牟礼はハンドルを握って、

「すぐ病院に着くからな。それまで我慢しろよ」

後部座席の三人は、苦しげな顔でシートにもたれている。

車は勢いよく走りだした。駅前から繁華街を抜けて、国道にでた。

しかし、しばらく走っても病院に着く気配はない。美咲の知る範囲では、車がむかう方向に大きな病院はなかったはずである。

「あの、病院はこっちにないじゃ――」

美咲はそういったが、中牟礼は前を見つめたまま、

「あるんだよ」

と抑揚のない声でつぶやいた。

やがて車は、海沿いの長い直線道路にでた。とたんに中牟礼はアクセルを踏みこんだ。

たちまち車は加速して、スピードメーターは百キロを超えた。

交通量はすくないが、これほど飛ばすのは危険だった。

「あぶないですよ。もうちょっと、ゆっくり走ってください」

と美咲がいっても、中牟礼はスピードをゆるめない。口元がわずかにゆるんでいる。

そのとき、はっきりと異常を感じた。

「もういいです。車からおろしてください」

と美咲は叫んで、ドアのロックをはずそうとした。むろん、こんなスピードで走っている車から、飛びおりることはできないから、おどしのつもりだろう。

「ドアは開かないよ。パトカーだから」

あはは、と中牟礼は乾いた声で嗤《わら》って、

「自分だけおりて、友だちを置き去りにするのかい」

美咲は後部座席を振りかえった。

三人の顔色は青いのを通り越して、土気色になっている。

翔太は口を半開きにして、あえいでいる。

「――苦しいよ。助けて」

里奈がうわごとのようにつぶやいた。ぐったりと隼人にもたれているが、隼人も苦しげに顔をゆがめて身動きもしない。

美咲は中牟礼をにらみつけて、

「アイスクリームになにか入れたのね」

「——だったら、どうなんだ」

中牟礼の声が、重くしわがれた声に変化した。

やはり中牟礼は、玄田に憑依《ひょうい》されている。

いつそんな状態になったのかを考えていると、病院での光景が浮かんできた。中牟礼は現場検証で、伏見守と一緒に廃病院の地下室へ入ったといった。恐らくそのときに憑依されたのだ。

過去の自分も——いま助手席にいる美咲も、中牟礼が憑依されていると気づいたようで、顔が青ざめている。

「——あたしたちを、どうするつもりなの」

「前にもいったはずだ。罪を犯した者は、それに見あった罰で償う」

中牟礼はアクセルを踏んだまま、ハンドルから両手を放した。グローブボックスを開けると、電動のドリルと大型のネジを取りだした。

車はスピードを落とさず、道路を疾走しているが、ハンドルを握る者がいないせいで、反対車線にはみだしそうになる。

「あぶないッ。早く運転して」

美咲が叫ぶのを無視して、中牟礼は前にかがみこんだ。

アクセルを踏んだ足にネジの先端をむけて、その上からドリルの歯をあてがった。止めるまもなく、中牟礼はドリルのスイッチを入れた。

ドリルが耳障りなうなりをあげると、大型のネジは見る見る靴の甲にめりこんだ。

美咲は悲鳴をあげたが、それを見ている現在の美咲も悲鳴をあげた。

「これでもうスピードは落ちない。床とアクセルごと、足を縫いつけたからな」

中牟礼は痛みを感じないのか、平気な顔で嗤って、

「次はこうだ」

こちらをむくなり、自分のこめかみにドリルの刃をあてた。

「やめてッ」

美咲が叫んだ瞬間、赤いしぶきをあげて、螺旋《らせん》状の刃がこめかみに喰いこんだ。

中牟礼は白眼を剝《む》くと、そのまま横倒しにハンドルの上に倒れた。弾みでハンドルが動いて、車は対向車線に飛びだした。

道路のむこうに、巨大なタンクローリーが姿をあらわした。

美咲は中牟礼の軀《からだ》をハンドルからどけようとしているが、重くて動かない様子だった。もしハンドルを握れたとしても、車を停めるどころか、スピードを落とすこともできない。

「助けてッ」

美咲は悲痛な声をあげて、後部座席を振りかえった。

しかし三人はすでに意識がないようで、翔太と隼人は口から泡を噴き、里奈は小刻みに躯を痙攣《けいれん》させている。

けたたましい警笛に前方を見ると、タンクローリーはタイヤを軋《きし》ませながら、こちらへ突っこんでくる。もうハンドルを切っても、まにあわない。

そのとき、視点が宙を離れて、過去の自分に吸いこまれた。

とたんに視点が重なって、過去の自分と現在の自分がひとつになった。

いまここにあるのは、まぎれもない現実だった。

見あげるようなタンクローリーの車体が眼の前に迫った。

「――もうだめだ」

美咲は目蓋《まぶた》を閉じて、死の衝撃が訪れるのを待った。

そのとき、どこからか女の声がした。

「そこまでよ」

聞きおぼえのある声だった。

「その先を見たら、もうもどれなくなる」

恐る恐る目蓋を開けると、そこはベッドのなかだった。

いつのまにか、美咲は自分の部屋にいた。

ほっと安堵《あんど》の息を吐いたが、まだ鼓動は烈しい。額をぬぐうと、指先が汗で粘った。

枕から頭をもたげて、蛍光灯の豆電球が灯《とも》った薄暗い部屋に眼を凝らした。

しかし、なにも異状はない。さっき見たのは、いったいなんだったのか。

首をかしげて寝返りを打ったとき、枕元に人影があって、ぎくりとした。

樹坂磨宮がベッドのそばに立っていた。

前に逢ったときとおなじようにサングラスをかけて黒いスーツを着ている。

美咲は、わけがわからないまま、

「どうやって、ここに――」

「あなたとおなじ方法よ。あなたは過去を見ようとしたでしょう。正確には過去へいったわけだけど」

「おなじ方法ってことは、磨宮さんも幽体離脱を？」

「そう」

「あたしがさっき見たのは、過去なんですか」

磨宮はうなずいた。

「じゃあ、あれから、あたしたちは――」

磨宮は眉《まゆ》を寄せて、首を横に振った。

「それを思いだしてはいけない。思いだしたら、あなたがいまいる世界は消えるわ」

「なにごとも起きなかった世界よ。あの刑事にアイスクリームをおごってもらって、そのまま無事に帰ったほうのね」

「じゃあ、べつの世界では、あたしたちは死んでいたってこと？」

「だから思いだしてはいけないの。死して死なざる者──不死者《アンデッド》は玄田道生だけじゃないわ」

　磨宮のいう意味がまったく理解できない。

　そもそも、なぜ彼女は自分の過去を知っているのか。

「どうして──」

　と美咲はいった。

「どうして磨宮さんは、あたしが幽体離脱したことや、中牟礼さんにアイスクリームをおごってもらったことまで知っているんですか」

「あなたの過去を修正するために、あたしは代償を払ったの」

「あたしの過去？」

　磨宮はうなずいて、さびしげな笑みを浮かべた。

「もしかして、あなたは──」

　美咲がいいかけたとき、ぶうん、と蜂がうなるような音がした。

眼を開けると、窓の外は明るくなっていた。

磨宮の姿はどこにもない。勉強机の上でケータイが震えている。

いまの出来事は夢だったのか。

だとすれば、中牟礼の車に乗ったのも夢で、幽体離脱ではなかったのか。

どこまでが夢で、どこまでが現実なのかわからない。

悪夢に魘《うな》されているような気分でベッドをでて、ケータイを手にとった。

通話ボタンを押したとたん、中牟礼の興奮した声が響いた。

「吉川彩乃が病室で何者かに襲われて、意識不明の重体だ」

「えッ」

「上半身に濃硫酸を浴びて、ひどい火傷《やけど》を負っている。しかも自分で腹部を切開したようで、出血もひどい。とても正視できる状態じゃなかった」

「――彩乃は助かるんですか」

「なんともいえんが、かなり厳しいだろう。彼女の父親の病院では手に負えなくて、もうじき大学病院に移送するらしい」

「いったい誰が彩乃を――」

「それが知りたくて、きみに電話したんだ。犯人は奇妙な装置を使っていて、その手口が七月の事件にそっくりなんだ。今回もまた玄田の模倣犯《コピーキャット》かもしれん」

七月の事件にそっくりの手口とは、どういうことなのか。

彩乃の元に、玄田があらわれたのか。

美咲が呆然《ぼうぜん》としていると、中牟礼は続けて、

「動機は怨恨《えんこん》だろうから、吉川彩乃に怨《うら》みを持っている者の可能性が高い。美咲くんは、誰かそういう人物に心あたりはないかな」

「急にそういわれても――」

意識が混乱して、なにも考えられなかった。

美咲はケータイを握ったまま、窓の外に眼をやった。

その瞬間、どきん、と心臓が脈を打った。

朝の光が住宅街を照らしている。家々がならぶ通りのむこうに、ぽつりと人影がある。

サングラスに黒いスーツの女が、ゆっくりとこちらを振りかえった。


（了）

参考文献

『完全犯罪の事件簿』ジョン・E・ルイス 著　戸根由紀恵 訳　原書房

アンデッド　憑霊教室《ひようれいきようしつ》
福澤徹三《ふくざわてつぞう》

角川ホラー文庫　H ふ1-2　15638

平成21年 3 月25日　初版発行

発行者——井上伸一郎
発行所——株式会社角川書店
東京都千代田区富士見2-13-3
電話/編集(03)3238-8555
〒102-8078
発売元——株式会社角川グループパブリッシング
東京都千代田区富士見2-13-3
電話/営業(03)3238-8521
〒102-8177
http://www.kadokawa.co.jp
印刷所——旭印刷　製本所——BBC
装幀者——田島照久

ISBN978-4-04-383403-7 C0193

角川文庫発刊に際して

角川源義

第二次世界大戦の敗北は、軍事力の敗北であった以上に、私たちの若い文化力の敗退であった。私たちの文化が戦争に対して如何に無力であり、単なるあだ花に過ぎなかったかを、私たちは身を以て体験し痛感した。西洋近代文化の摂取にとって、明治以後八十年の歳月は決して短かすぎたとは言えない。にもかかわらず、近代文化の伝統を確立し、自由な批判と柔軟な良識に富む文化層として自らを形成することに私たちは失敗して来た。そしてこれは、各層への文化の普及滲透を任務とする出版人の責任でもあった。

一九四五年以来、私たちは再び振出しに戻り、第一歩から踏み出すことを余儀なくされた。これは大きな不幸ではあるが、反面、これまでの混沌・未熟・歪曲の中にあった我が国の文化に秩序と確たる基礎を齎らすためには絶好の機会でもある。角川書店は、このような祖国の文化的危機にあたり、微力をも顧みず再建の礎石たるべき抱負と決意とをもって出発したが、ここに創立以来の念願を果すべく角川文庫を発刊する。これまで刊行されたあらゆる全集叢書文庫類の長所と短所とを検討し、古今東西の不朽の典籍を、良心的編集のもとに、廉価に、そして書架にふさわしい美本として、多くのひとびとに提供しようとする。しかし私たちは徒らに百科全書的な知識のジレッタントを作ることを目的とせず、あくまで祖国の文化に秩序と再建への道を示し、この文庫を角川書店の栄ある事業として、今後永久に継続発展せしめ、学芸と教養との殿堂として大成せんことを期したい。多くの読書子の愛情ある忠言と支持とによって、この希望と抱負とを完遂せしめられんことを願う。

一九四九年五月三日

オトシモノ

福澤徹三

その定期券を拾ってはならない。

駅でオトシモノの定期券を拾った人々が、次々と行方不明になる事件が発生した。戻ってきた彼らは、見るも恐ろしい異形の姿になっているという。大人たちが固く口を閉ざす中、やえこという名の女性の霊が関係していることを突き止めた女子高生奈々は、姿を消した妹を救うため、同級生香苗とともに、呪いを解こうと奔走するが……。極限の恐怖を前にした愛と友情の行方を描く感動のホラー。大ヒット映画を完全ノベライズ！

角川ホラー文庫

ISBN 978-4-04-383401-3

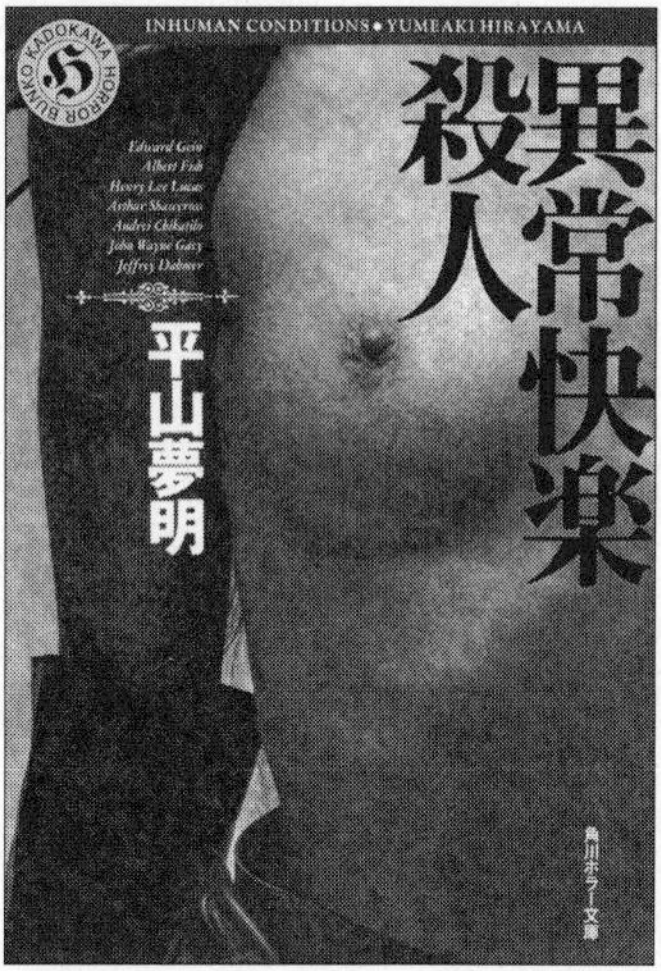

異常快楽殺人

平山夢明

大量殺人鬼７人の生涯。衝撃作！

昼はピエロに扮装して子供達を喜ばせながら、夜は少年を次々に襲う青年実業家。殺した中年女性の人体を弄び、厳しかった母への愛憎を募らせる男。抑えがたい欲望のままに360人を殺し、厳戒棟の中で神に祈り続ける死刑囚……。永遠に満たされない欲望に飲み込まれてしまった男たち。実在の大量殺人鬼７人の究極の心の闇を暴き、その姿を通して人間の精神に刻み込まれた禁断の領域を探った、衝撃のノンフィクション！

角川ホラー文庫

ISBN 978-4-04-348601-4

芋虫

江戸川乱歩ベストセレクション❷

江戸川乱歩

極限を超えた夫婦の愛と絆

時子の夫は、奇跡的に命が助かった元軍人。両手両足を失い、聞くことも話すこともできず、風呂敷包みから傷痕だらけの顔だけ出したようないでたちだ。外では献身的な妻を演じながら、時子は夫を“無力な生きもの”として扱い、弄んでいた。ある夜、夫を見ているうちに、時子は秘めた暗い感情を爆発させ……。

表題作「芋虫」ほか、怪奇趣味と芸術性を極限まで追求したベストセレクション第2弾！　〈解説／三津田信三〉

角川ホラー文庫

ISBN 978-4-04-105329-4